El día que mamá rompió un plato

NICOLÁS MUÑOZ AVIA

El día que mamá rompió un plato

Grijalbo

Papel certificado por el Forest Stewardship Council®

MIXTO
Papel | Apoyando la silvicultura responsable
FSC® C117695

Penguin Random House Grupo Editorial

Primera edición: marzo de 2025

Printed in Spain – Impreso en España

ISBN: 978-84-253-6980-3
Depósito legal: B-759-2025

Compuesto en M. I. Maquetación, S. L.

Impreso en Black Print CPI Ibérica
Sant Andreu de la Barca (Barcelona)

GR 6 9 8 0 3

Para Amalia, que supo aprovechar otras oportunidades.
Y para Noa, que cambiará las cosas para siempre

Aurora

Qué maña tiene Elsa; siempre se le han dado bien los trabajos manuales, menudo arte se gasta liando porros. En las Salesianas, y mira que han pasado años, hizo un portal de Belén que parecía comprado en una tienda. Le puso pilila al Niño Jesús, eso sí, ahí se veía ya su lado gamberro.

—Qué dedos tan bonitos tienes —le dice Carmen.

Ni Elsa ni yo contestamos, aunque seguro que las dos pensamos lo mismo, que Carmen se fija en eso porque ella los tiene retorcidos como las ramas de un olivo por culpa de la artrosis.

—¿Quién lo enciende? —pregunta Elsa mientras da toquecitos con la uña en un extremo del porro.

Yo no voy a fumar; lo primero porque no sé, me atraganto y toso, y lo segundo porque lo mío no lo cura ni un camión de marihuana. Nos quedamos calladas y al final es la propia Elsa quien lo prende. Para algo ha sido idea suya intentar curar los dolores de Carmen, acabar con sus suspiros y quejas cada vez que cambia el tiempo. El tema es ya motivo de pitorreo entre nosotras, en cuanto anuncian borrascas empieza el wasap con las tonterías. Ahora no hay casi hombres del tiempo, son todo chicas, y bien monas, con la de tíos feos que nos hemos tenido que tragar las de nuestra generación. Nos reímos lo suyo en el wasap; todavía me pongo de vez en cuando los vídeos de cuando anunciaron la última ciclogénesis explosiva, unos esqueletos que bailaban a la vez que iban perdiendo huesos. Elsa da unas caladas lentas y se deleita mientras gira el porro. Me recuerda a Alfredo cuando vamos de boda. Menos mal que solo fuma puros en esos saraos, luego tengo que ponerlo todo a lavar, hasta la corbata apestaba la última vez. La marihuana tampoco huele bien. Me levanto y abro un poco la ventana.

—Tienes que mantener el humo en los pulmones un ratito —recomienda Elsa a Carmen a la vez que le pasa el porro.

En el fondo solo pretendemos divertirnos, siempre hemos envidiado el lado hippy de Elsa, la única que ha tenido la valentía de no cambiar, de no dejar que los demás marquen su camino. Aunque yo ahora he espabilado, y si no que se lo pregunten al ruso, esa sí que ha sido buena, peor que si me hubiese pinchado heroína. Ay Señor, qué loca estoy. Carmen, al coger el porro, deja caer un poco de ceniza sobre un cojín y lo sacude sin ningún cuidado encima de la alfombra. Ella tiene una ecuatoriana que le va a limpiar tres veces por semana; así yo también. Aquí, en casa de Elsa, la alfombra está desgastada, la mesita de bambú de la tele no hace juego con ningún otro mueble, las telas de colores no consiguen ocultar lo cochambrosos que están los sofás, con el armazón peor que nuestros esqueletos. Lo mismo que los cajones de la cocina, que hay que cerrar a golpes de cadera, o esa encimera hinchada alrededor de la pila. La mía aún aguanta, y eso que también es de formica. A los cajones hubo que cambiarles las guías, yo creo que es lo último que Alfredo se dignó hacerme, y ya han pasado unos años. Me siento de nuevo junto a ellas. Carmen lleva cuatro caladas, le está cogiendo el gusto; al fin y al cabo se mete para el cuerpo un gin-tonic todas las tardes. Mira que si termina convirtiéndose en una fumeta..., al marido le da algo. Me entra la risa tonta.

—Aurora se ha colocado solo con el olor —se ríe Carmen.

Me miran las dos con gesto divertido. Elsa, a mi lado, me da un achuchón. Son mis amigas, son las roqueras.

—Os quiero mucho —confieso.

Se ve que los líos con el ruso me han puesto sentimental. Rompen a reír, debemos de estar de foto, las tres aquí sentadas en el sofá.

—Que circule ese canuto —pide Elsa.

Carmen da una última calada y me lo pasa. Sus anillos de oro no pueden pegar menos con un porro.

—No pongas esa cara de susto —me suelta con una carcajada.

Tenía que haberles dicho desde el principio que no lo quiero probar, parezco una adolescente siguiendo la corriente solo por miedo a perder a sus amigas. Agarro el canuto, le doy una calada con cuidado, entornando los párpados, y aun así empiezo a toser como una loca. Me escuecen los ojos, me los froto, me entra la taquicardia mientras Carmen sigue muerta de risa. De pronto, no sé por qué, su cara me da miedo, parece que su dentadura fuese a salir disparada, a morderme sin soltar como hacen los perros de presa. Es imposible que esta angustia sea por la marihuana, así que para hacerme la valiente, o para intentar ahuyentar el miedo, doy otra calada con todas mis fuerzas. El humo me quema la garganta, araña mi tráquea, abrasa mis pulmones. No entiendo cómo es posible que a alguien le pueda gustar esto. Cuando logro contener la tos el sonido parece desaparecer, el mundo pararse. Elsa me quita el porro, se lo pasa a Carmen y vuelve a achucharme.

—Respira por la nariz —me pide.

Obedezco, pero no consigo calmarme. Me da un pañuelo de papel, me seco las lágrimas. Carmen, con el porro entre los dedos y la boca a medio abrir, me observa con preocupación. La ceniza ha vuelto a caer sobre la alfombra. La sosa de la Aurora siempre chafando la fiesta. Elsa va a la cocina y me trae un vaso de agua. En cuanto lo bebo me recupero un poco, ha debido de ser una bajada de tensión. Se me ha puesto hasta dolor de cabeza. El canuto se ha apagado y nadie quiere volver a encenderlo. Definitivamente, esto de la droga no es lo nuestro.

Alfredo

Llego a casa, me encuentro a Aurora metida en la cama, solo asoma su nariz. La cena no está hecha. Le pregunto qué le pasa y me dice que le duele la cabeza. Me enfado, estoy cansado, hoy hemos tenido un día duro en el taller; por otra parte me preocupo, es raro verla así. Me siento en el borde del colchón, le acaricio la espalda.

—Ahora te preparo algo —me dice.

Contesto que no pasa nada, que ya me hago yo cualquier cosa, y le pregunto si ella quiere cenar. Dice que no. Voy a la nevera. Hay unos muslos de pollo en un plato cubierto con film transparente. Me abro una cerveza, una bolsa de patatas fritas y una lata de sardinas picantes, y me siento frente al televisor. Me bebo el botellín de un par de tragos y me levanto a por otro. Esta tarde he sudado lo suyo. El mecánico polaco nuevo es muy bueno para la electrónica, pero no tanto cuando se trata de extraer una caja de cambios. No hay más que ver sus manos de pianista. No quedan botellines en el estante bajo de la nevera, Aurora los ha colocado en la puerta para así hacer sitio y meter una cacerola con lentejas. La cerveza no está tan fría como me gusta. Devoro patatas para que los crujidos me impidan oír las tonterías que dicen en la televisión. La bolsa se termina, abro la lata de sardinas. No me apetece levantarme a por un tenedor y agarro una con los dedos. El aceite se escurre hasta el corte que me he hecho en los nudillos, me escuece. Lo chupo. Aparece Aurora y no me regaña. Esto me preocupa aún más que las ojeras y la cara de cansancio que tiene.

—Voy a freír el pollo —dice.

Asiento. Le queda como a Dios, crujientito por fuera y jugoso por dentro.

—¿Te has comido todas las patatas? —me pregunta a la vez que mira dentro de la bolsa vacía.

Está claro que es una pregunta innecesaria, retórica, que diría Silvia.

—Si me hubieses dicho que te ibas a levantar, no me las habría comido —replico.

Se marcha a la cocina arrastrando las zapatillas. Se las regaló Silvia el año pasado, pero como pisa torcido ya se han roto. Oigo que saca el pollo de la nevera, que coloca una sartén al fuego. Me levanto y me abro un tercer botellín.

—¿Seguro que estás bien? —repito.

Me sonríe con cariño. Saco de la nevera un táper con lechuga ya lavada, la troceo, la echo en un bol y pico un tomate. Vuelve a escocerme la herida. Aurora, pese a estar pendiente del pollo que ya chisporrotea en la sartén, se da cuenta.

—El polaco, que es un inútil —explico.

Me tiene obsesionado ese chaval. En cuanto aprenda se marchará para Mercedes, o para Audi, y me dejará tirado, como todos.

—Siéntate, ahora llevo yo las cosas —me pide Aurora.

Le pregunto si quiere una cerveza, me dice que sí, cojo un par y me contengo de comentar que no están en su sitio. En casa no se puede andar jodiendo a todas horas. Con el polaco es distinto.

El pollo está tan delicioso como siempre. Aurora me pasa la piel churruscada del suyo y se come solo la carne blanca, lleva una temporada alimentándose mal. Se lo dije a Silvia y lo único que se le ocurrió fue traer más infusiones de su herbolario. Según ella, abren el apetito. Según yo, son una engañifa, como casi todo lo que vende allí. Mi miedo es que Aurora pueda estar deprimida. Al principio parecía que la muerte de su madre no le había afectado; estaba metida en un asilo y casi no se podía mover, por más que la cabeza la tuviese bien. Todos dijimos lo mismo: ya ha dejado de sufrir, finalmente descansa, y esas tonterías. Pero una madre es una madre. Yo mismo cuando murió la mía lo pasé mal. A mamá le ocurría lo contrario, tenía la cabeza para allá y el cuerpo como nuevo. No tomaba medicinas, era capaz de andar ocho kilómetros, regaba su pequeño huerto en el pueblo, cuidaba de sus gatos, y luego no sabía cómo nos llamábamos. Ni siquiera se enteró de la enfermedad y la muerte de mi hermana. Ella, cuando le diagnosticaron el cáncer, no quiso hablar del tema. Vivió solo cinco meses. Poco después del entierro intenté contárselo a mi madre y se llevó un disgusto horrendo. Pasó la tarde llorando y al día siguiente me preguntó de nuevo por ella. Si yo hubiese sido un sádico, como me dijo el anterior aprendiz, se lo habría vuelto a contar, y así un día detrás de otro. El caso es que Aurora al principio no pareció afectada por la muerte de su madre, pero unos meses más tarde empezó a estar triste y a comer mal. Ahora no quiere ni su habitual yogur. En cuanto me termino la naranja se levanta, recoge todo y regresa al dormitorio. Me siento de nuevo frente al televisor y me quedo embobado con la locutora del telediario. Qué criatura, qué escote. Aurora y yo hacíamos una buena pareja de jóvenes. Aún hoy día, si nos arreglamos, como aquella Nochevieja en Tenerife, estamos más que presentables. Qué bien le quedaba el vestido negro y qué trabajo me costó subírselo por encima de las caderas en cuanto llegamos a la habitación del hotel. No sé dónde estará, no se lo ha vuelto a poner. Mi móvil, sobre la mesita del recibidor, vibra. No me apetece levantarme, seguro que es para ofrecerme promociones que no me interesan.

—¿Dónde está mamá? —me pregunta asustada Silvia, a modo de saludo, medio minuto más tarde, cuando descuelgo el aparato junto al sofá.

Le explico que no se encuentra bien.

—No me ha contestado a los mensajes que le he enviado.

—Está rara. Habla tú con ella.

Me levanto para llevar el teléfono al dormitorio. Harán el repaso de todas las tardes: lo que han comido, las ventas en el herbolario, lo que haya dicho alguna vecina. Tonterías. Aunque hay que reconocer que a Aurora le hace bien hablar con la hija, a las dos les hace bien. A mí también me gusta hablar con Lorenzo, lo que pasa es que solo lo hacemos cuando tenemos algo que contarnos, cuando le falla algo al coche de algún amigo, o en la casa, o lo que sea. Hablar por hablar no va con los hombres, a no ser que sean argentinos, esos rajan que es horroroso. Tanto hablan que no me quedó más remedio que echar al chapista que tuve antes del polaco. Aún me duele la cabeza solo de recordarlo, y mira que era buen profesional, pero entre los mazazos en las carrocerías y la palabrería casi acaba conmigo.

Aurora está vuelta hacia la pared, arropada hasta la barbilla. Tiene una expresión rara, ausente. Da un respingo al verme.

—Silvia —informo a la vez que le tiendo el teléfono.

Se incorpora con dificultad, lo coge, recompone su expresión y pregunta en el tono cantarín de siempre:

—¿Qué tal, cielo?

Salgo de la habitación un poco turbado. No es fácil observar ese lado íntimo de Aurora, la tienes que pillar en un descuido, o medio enferma, como ahora. Incluso en las peores situaciones muestra una careta de alegría y ganas de vivir. Coloco sobre la mesa el viejo mantel de plástico, manchado de pintura y pegamento, y voy al dormitorio de Lorenzo. En cuanto se marchó de casa lo eché de menos, a nosotros los hijos nos hacían compañía. No entiendo a esa gente que está deseando que salgan por la puerta. Lo único que agradecí fue ganar espacio para almacenar mis aviones; pude pasarme a las maquetas de dos metros, que vuelan mucho mejor. Aunque no me sirvió de gran cosa el domingo; menudo aterrizaje, el timón de cola fisurado. Nada que no pueda arreglar un poco de fibra y epoxi. Tengo que repintar también el pelo del piloto, se lo ve como tiñoso. Ya no está en la tele la presentadora del escote, sino un soldado americano que ametralla árabes. De estos me he librado de momento. Me da igual si suena mal, la realidad es que a mis clientes no les gusta que cualquiera toque en las tripas de sus coches. A no ser que sean vehículos de hace treinta años y piensen que les va a salir más barato. Tampoco les gustaría que una chica mona, con su coleta rubia y sus manos cuidadas, como Silvia, hurgase en sus frenos. En cambio, les encantaba que les sonriera a la vez que les pasaba las facturas durante la temporada en que me estuvo echando una mano con los papeles. La fisura del timón es más leve de lo que parecía. Con un poco de cianocrilato la arreglo en dos minutos. Lijo alrededor, saco el fuselaje a la terraza y le doy una mano de pintura en espray. Mientras se seca miro hacia las casas de enfrente. Los televisores parpadean contra las cortinas, imagino que los americanos siguen matando árabes. En el piso de las dos chicas la colada está sin recoger, como siempre. Usan las cuerdas de armario. Al principio tienen el pudor de colocar la ropa interior cerca de la pared, para que las otras prendas la tapen, pero como luego las van cogiendo, sus tangas de colores terminan expuestos ante todo el vecindario. Hace frío, la pintura no seca bien y hay que esperar; a Aurora no le convienen estos vapores, es un poco asmática. Abajo, en el jardincito entre los edificios, el tipo con traje y corbata pasea a su perro mientras habla por teléfono y deja la habitual caca abandonada. Aplaudo, se hace el loco y dobla la esquina con el móvil aún pegado a la oreja. Tengo la espalda contraída por el frío, entro, apago la tele, dejo el avión en su sitio, me lavo los dientes, me pongo el pijama que me regaló Silvia, y que se ve nuevo, al contrario que las zapatillas de Aurora, y me acuesto junto a ella. Está calentita, aunque no creo que tenga fiebre; su salud es a prueba de bombas. Yo creo que desde que nos casamos no ha estado en cama más que un par de veces. Mañana se habrá recuperado. Subo un poco el edredón para arroparla mejor y me acaricia mis pies fríos con los suyos. Apago la luz, me quedo mirando el techo y poco a poco mi espalda se destensa. Unos minutos más tarde me despierto con mis propios ronquidos. Me giro hacia la pared y vuelvo a dormirme como un bebé.

Aurora

Alfredo ha roncado hoy más que de costumbre, lo cual pone el listón muy alto. Ahora, a punto de sonar el despertador, duerme como una marmota. A mí, tras el lío con el porro, me dio miedo tomarme una pastilla y he pasado la noche dándole al coco, o al ruso, mejor dicho. Como si sirviese de algo; a la mañana siguiente todo lo que veías tan claro resultan ser majaderías. En fin, a lo hecho, pecho. Me incorporo con cuidado para no despertarlo, aún puede descansar diez minutos más. La maniobra no es fácil, el colchón rebota como una pelota. Hace un par de años intentamos cambiarlo por uno de esos nuevos, de látex, «con independencia de lechos», nos dijo la vendedora, pero la verdad es que ninguno de los dos conseguimos acostumbrarnos, te hundías, te quedabas pegado. Lo tuvimos que devolver. Enciendo la calefacción, la casa se ha quedado helada. Está empezando a llover. Pongo la cafetera y tuesto el pan que sobró de ayer. Me encuentro mejor, ya no tengo la taquicardia ni el dolor de cabeza. Me estuvo bien empleado, de relajante y medicinal tiene poco la marihuana, por mucho que diga Elsa. Quito el mantel de los aviones y coloco el nuestro. Si por Alfredo fuese comeríamos encima de la pintura y las manchas. Suena el despertador en el dormitorio, entra en el cuarto de baño y se choca con la puerta a medio abrir. Es increíble lo que tarda en espabilarse este hombre. Yo creo que le pasa lo contrario que a todo el mundo: cuantos más años cumple, mejor duerme. Corro a llenar el cazo para mi manzanilla antes de que abra la ducha, tenemos muy poca presión. Casi todos los vecinos han cambiado las tuberías, pero a él le da pereza meterse en obras. Parece mentira, con lo resuelto que es para las reparaciones. Mejor que la manzanilla, una tila; el runrún de los nervios no se me ha pasado. Mientras espera a que le salga agua caliente se afeita. Hace unos meses Silvia le pintó barba con un programa del teléfono y casi me dio un ataque de tanto reír, sobre todo cuando le puso también pelo largo. Parecía Jesucristo. A mí me puso rubia y me gustó. Llevo la cafetera y las tostadas a la mesa. El aceite de oliva y el azúcar en el lado de él, en el mío las galletas y el salvado. Se sienta en su sitio; el pelo blanco repeinado, el olor a colonia, su rebeca gris y sus pantalones con raya. Hace años que no se pone el mono, desde que lo operaron de la espalda y le prohibieron coger peso. Se podría haber jubilado entonces, lo está alargando porque el taller le da la vida. Pero quiera o no el año que viene va a tener que cerrar, con setenta ya no es plan. A mí a veces me reconcome no disfrutar de la vejez. Podríamos aprovechar para viajar o hacer cosas distintas, no tenemos otras diversiones, los nietos se están haciendo esperar. No es que seamos ricos, el taller no deja ya casi nada, pero nuestros ahorrillos siguen ahí. Esos nadie los ha tocado. Estoy en mi derecho de hacer locuras.

—Tienes cara de cansada. ¿Seguro que estás bien? —me pregunta, una vez más, mientras le sirvo el café.

Imagino por un instante la cara que pondría si le cuento lo del porro y me entra hasta miedo.

—Para, para, que se va a salir.

Casi desbordo la taza. Me siento y me sirvo mi tila.

—¿Dónde está la leche?

Se me ha olvidado sacarla de la nevera, no sé dónde tengo la cabeza.

Suspira, se levanta y va a por la botella.

—A ti te pasa algo. ¿Seguro que no estás deprimida?

Y dale con la tontería de la depresión. Un poco triste sí que estuve una temporada. Perder a mamá fue duro por una parte y un alivio por otra. Bastante paciencia tuvo Alfredo mientras la tuvimos en casa, que si la cuña, que si los purés, los llantos a todas horas; bueno, a todas horas no, puede que tuviese razón Alfredo y que llorase más en el momento de sus siestas. Triste, lo que se dice triste, estuve un par de meses; me entraron incluso ganas de vestirme de luto. Lo de ahora es distinto y no me queda más remedio que guardármelo para mí. Esta sensación de culpa, de miedo. Alfredo se termina el café y pasa al cuarto de baño. Qué envidia, a mí el salvado no me hace efecto hasta la tarde, si es que lo hace.

Él es como un reloj, café y al retrete. Hasta para eso lleva una vida de rutina. Ahora saldrá, se pondrá el abrigo, me dará un beso en la frente y cogerá las llaves.

—Vuelvo a las dos —me dice a continuación, como si no llevase cuarenta años regresando a esa hora.

—Ten cuidado —le digo, igual que hago desde hace esos mismos cuarenta años.

Abre la puerta, llama al ascensor, cierra. Me quedo quieta hasta que lo oigo bajar. Y no me acerco a la ventana para verlo atravesar el jardincito; por primera vez en años, no me acerco. No lo veo avanzar con esos pasos enérgicos, con esa espalda recta, con esa coronilla de monje; y sin embargo siento la misma presión en la boca del estómago, el mismo miedo a que le pase algo. Recojo la mesa, lavo las tazas en la pila, barro las virutas del avión, toso con el polvillo que se levanta, me fatigo y me siento en una silla. Tenía que haber ido antes al médico, estaba claro que este cansancio no era normal. Mejor no pensar en ello, ya no tiene solución. Comienza a llover a ráfagas, las gotas se estrellan contra la terraza. La ropa de las chicas de enfrente agita las mangas como si quisiese asustarme. No ha cogido paraguas. Hace quince años habría corrido tras él para dárselo. Qué pena lo que hace el tiempo con nosotros. Ayer Silvia me contó que había quedado con un chico que conoció por internet. A mí me da miedo, aunque las roqueras aseguran que eso ahora es normal, que todo el mundo usa los teléfonos para ligar. Carmen, de hecho, dice que se va a buscar un nuevo marido, que el bueno de Salva cada día le aburre más. El caso es que

Silvia ha quedado ya con un porrón de chicos y no encuentra quien le guste. Imagino que para darse un revolcón alguno le habrá servido, parece que poco más. A este paso se le va a pasar el arroz, si es que no lo ha hecho ya; antes, a su edad, nadie era madre. Eso por no hablar de las tonterías que se traían las familias. Me pongo tan triste al recordar a David Pereira confesándome, cincuenta años más tarde, que fueron sus padres quienes le apartaron de mí, que tengo que contener un sollozo. Me entra el hipo. Me levanto y pongo en el tocadiscos la canción *El balandro dorado*, «El mecer de las olas, los reflejos del sol en tu piel, la sal del verano en tus lágrimas». Más sollozos y más hipo. Apago el amplificador. Saco del congelador unos filetes de pescado. Tendré que freír unas patatas de guarnición, ayer Alfredo gastó la lechuga que tenía pensada para hoy. Todavía me quedan dos horas, podría bajar al mercado a por la comida de mañana, pero no me apetece. Dudo si meterme otra vez en la cama y decido una locura. Me cuesta encontrar el tapón, hace un siglo que no usamos la bañera. La limpio con lejía, no sea que el guarro de Alfredo siga con la manía de mearse en el desagüe, y abro el agua caliente. Aún tengo las tetas firmes, de eso no me puedo quejar. La tripa es otro tema, fue llegarme la menopausia y engordar y ensanchar caderas como una mesa camilla. El agua está tan caliente que casi se me corta el aliento. Meto el telefonillo, abro la fría y refrigero alrededor del cuerpo. Me recuesto. El chorro me da entre las piernas, los pezones se me ponen duros. Acerco más el chorro. Elsa dice que se va a comprar un Satisfyer de esos. El agua comienza a colarse por el sumidero. Cierro. No llevo ni tres minutos aquí y ya tengo los dedos arrugados. Apoyo los pies en el borde y por primera vez en muchos días me invade la felicidad. A lo mejor es porque se me ha pasado ese frío que se me había metido en los huesos. Suena mi móvil en el dormitorio. No es normal que lo haga a estas horas, tengo el impulso de salir a buscarlo y consigo contenerme. Si ha sucedido algo malo ya no tiene remedio. Además, seguro que es Silvia con alguna tontería de la tienda. Raro sería que fuese Lorenzo. Él no llama casi nunca, o mejor dicho, desde que inventaron esto del wasap no llama jamás. Cualquiera sale del agua con este día que ha amanecido, tenía que haber puesto la lavadora ayer, ahora con la lluvia no se va a secar nada; pero estoy en plan pasota, para algo soy una de las roqueras. No es que nos guste el rock. A mí lo que me va es José Luis Perales; a Carmen le chifla Julio Iglesias; Elsa es la más loca, le gustan los Ramones. El agua se ha quedado fría, quito un momento el tapón y relleno con caliente, aunque me voy a salir enseguida. Tampoco es plan de estar aquí toda la mañana.

Alfredo

Podría habérsele ocurrido darme el paraguas; está claro que a esta mujer le pasa algo. Me abrocho hasta arriba el abrigo, me arrimo al muro y acelero el paso. La lluvia viene racheada y me pega en la cara. ¿Y las llaves del taller? En el bolsillo, como siempre. Todos los días la misma tontería. Tampoco es que yo tenga la cabeza muy en condiciones. Vladimir está ya en la puerta, protegido por el alero, con un pie apoyado en la pared, mirando el móvil. Levanta la vista.

—Buenos días, señor Alfredo.

El chico por lo menos es puntual. Dos giros a la derecha en la cerradura superior, uno a la izquierda en la inferior y a correr para desconectar la alarma. Aquí solo hay gastos y clientes pobres. La gente que tiene dinero se compra coches caros que tienen que llevar, quieran o no, al servicio oficial. Hoy día es raro cambiar una junta de culata o un palier. Vivimos de las ITV, discos de freno, luces, amortiguadores. Vladimir entra en el cuarto de baño para ponerse el mono. Mejor así; esos pantalones de pitillo y ese abrigo negro con las solapas subidas le hacían parecer todo menos un mecánico. Ayer dejamos un amortiguador del Panda sin poner, imagino que ya sabrá hacerlo solo, no me apetece fastidiarme los nudillos de la otra mano. A Luis, el mecánico principal, lo he tenido que despedir. No hay trabajo suficiente, y por que yo eche un cable de vez en cuando no se me va a partir la espalda. Ya me queda poco para jubilarme. Vladimir sale del cuarto de baño y a las nueve en punto levanta el cierre. El agua chorrea y empapa el suelo.

—Echa serrín, a ver si se va a matar alguien.

No me entiende, no debe de saber ni qué es el serrín. Le muestro el saco. Lo esparce entero y le tengo que dar un grito. Una cosa es que sea barato y otra que lo regalen. Entro en el despacho ya de mal humor. El chico agarra el amortiguador y baja al foso. Me pongo a ordenar los papeles; estamos a final de mes. Como siempre, el montón de facturas recibidas es mucho más grande que el de las emitidas. En cuestión de una hora el polaco me dice que ya está listo el coche. Lo miro fijamente por encima de las gafas. Desvía los ojos a la pared. Salgo de la oficina y bajo al foso. Me sigue e ilumina con la linterna los trapecios. Ha hecho un buen trabajo. Me indica el tubo de escape, corroído, a punto de partirse. Tendré que advertir al cliente, aunque estoy seguro de que tirará con él así hasta que se rompa del todo. Es un dominicano que trabaja de jardinero en la urbanización pija. Le pido a Vladimir que saque el coche y meta el siguiente. Se le iluminan los ojos, es la primera vez que le dejo conducir el vehículo de un cliente. Aparca con cuidado el Fiat Panda en la calle, corre bajo la lluvia a por las llaves del Clio y lo sitúa sobre el foso. Voy a por la ficha y se la leo: le han tirado la ITV por los frenos traseros; algún tambor o alguna zapata están mal. Le pido que quite las ruedas y regreso a la oficina. Me pongo el abrigo antes de sentarme, si cierro la puerta se empañan los cristales y entonces no veo qué hace. Enciendo la radio. Las facturas casi están listas. Recibo un mensaje de Juan, una foto de su nueva maqueta impulsada por turbina eléctrica. El domingo la estrena. No me lo pierdo. Otro mensaje, de Lorenzo, mi hijo.

> Habéis cancelado la cuenta
> que le abrí a mamá?

No entiendo de qué me habla y le contesto con interrogaciones y una cara que no sé bien qué significa, una con la boca haciendo una ese. No responde. El cristal de la mampara finalmente se ha empañado. Lo limpio con el codo y descubro que el polaco ha quitado ya hasta el tambor del freno. Salgo.

—Zapatas —me dice a la vez que me señala los restos de lo que un día fue una.

Le doy dinero para que se vaya a comprarlas y cruzo hasta el bar, así almuerzo yo solo, sin tener que darle conversación. Desde la barra veo si llega algún cliente o si entra algún amigo de lo ajeno. Javi me pone mi botellín y mi bocata de panceta. Ahora que no hago tanto ejercicio debería comer cosas más ligeras. Da igual, de algo hay que morir. Me asomo a la puerta; la lluvia no da tregua. Antes los días así eran buenos; mucho fallo eléctrico, mucha tapa del delco con humedad. Ahora es raro que venga alguien, los coches están mejor hechos, a qué negarlo. Regreso a la oficina y veo mi teléfono olvidado encima de la mesa con una llamada perdida de Lorenzo. Esto es más raro. Se la devuelvo.

—¿Habéis pasado a algún sitio la herencia de la abuela?

Le repito que no sé de qué habla y me explica que han desaparecido setenta mil euros de la cuenta que él abrió a nombre de Aurora. Noto un pinchazo en el estómago, voy a tener que replantearme lo de la panceta.

—Quedan solo doscientos treinta euros, con el resto se ha pagado algo a una empresa con un nombre extraño que no figura en ningún sitio. Puede que os hayan pirateado la cuenta. Hay que hablar con el banco inmediatamente.

No sé ni qué banco es. Fue él quien se ocupó de los líos del testamento y la herencia. Le pido que llame a Aurora y me dice que no le contesta; me explica también que ha intentado hablar con el banco y que por asuntos de privacidad no le dicen nada. Él tiene acceso a la cuenta desde internet, sabe las contraseñas.

—A ver si mamá ha hecho algo raro con la tablet —aventura.

Cuelgo, la llamo al móvil y al fijo, y tampoco consigo nada. No me gusta esta historia. Aviso a Vladimir para que se dé prisa en volver, quiero acercarme a casa. Me dice que hay mucha gente en la tienda. Echo el cierre y me voy rápido para el piso, así estoy de vuelta en el taller antes que él. Las malditas nubes parece que me estaban esperando, descargan más que nunca. Correteo de nuevo arrimado a los muros, aunque casi es peor, de las cornisas caen goterones como garbanzos. No sé qué manía tiene esta mujer con la tecnología, se lo llevo advirtiendo años, que eso ya no es para gente de nuestra edad, que bastante es que nos manejamos con el wasap. Ella se pasa las horas con la tablet y no compra nada porque no le he dejado el número de la tarjeta. Ya me lo dijeron los del club, que como buenos aeromodelistas saben un rato de tecnología: una vez subes algo a internet olvídate, se vuelve incontrolable. Silvia me hizo un correo electrónico para el taller y no me llegan más que tonterías y timos, no lo uso. Si alguien quiere una factura se la meto en un sobre, le pongo un sello y a Correos, como toda la vida. Qué bien hizo Lorenzo en presentarse a esas oposiciones. El piso desde fuera se ve normal. No sé qué me esperaba, ¿que saliesen llamas? Me empieza a doler la cabeza, me ha debido de subir la tensión. La cerradura de la puerta está echada; me tranquilizo, ella solo cierra del todo cuando sale, no voy a encontrármela muerta. Aun así grito su nombre dejando abierto a mi espalda. No contesta. Entro hasta el salón, la puerta todavía abierta detrás de mí. En la cocina tampoco hay nadie. Paso hasta el dormitorio. Atrás, en la escalera, oigo risas y el ascensor que cambia de piso. El móvil de Aurora se está cargando en su mesilla. Me acerco y compruebo que tiene todas nuestras llamadas perdidas. Aunque no es extraño que se lo haya olvidado, no consigo tranquilizarme.

En el cuarto de baño veo la bañera y la alfombrilla mojadas más de lo normal. Aurora se da unas duchas de treinta segundos, tiene que contrarrestar que yo me quede dormido bajo el chorro, dice. Me llama Silvia, su hermano la ha puesto al corriente. Tampoco ella sabe qué puede haber pasado en el banco.

—¿Están sus maletas? —quiere saber, y es tan rara la pregunta que tardo en entenderla.

Me niego a mirar en el armario. ¿Adónde se va a haber ido? ¿De viaje con sus amigas? Y sin embargo está claro que algo pasa.

—Llama a Elsa —me pide.

No tengo su número, y aunque lo tuviera no sé qué le iba a contar. Silvia me sugiere que revise el teléfono de Aurora a ver si descubro algo. Empiezo a intuir que estamos armando un escándalo por una tontería. En la pantalla, además de las llamadas perdidas, es todo normal. No me gusta enredar en sus cosas y dejo el aparato donde estaba.

—A ver si ha conocido a alguien por internet —aventura Silvia.

—Sí, a Brad Pitt.

Aunque la idea es un disparate siento un leve estremecimiento. Si dice eso es porque tiene más datos que yo; las mujeres se entienden entre ellas, ya se sabe. Y la verdad es que hace tiempo que yo no le presto atención, las rutinas me ocupan, no me fijo en otros temas. Pero de eso a que se haya fugado con otro... Esta hija mía ve mucha televisión. Me dice que ha entrado un cliente a su tienda y cuelga. Miro por la ventana del dormitorio. La vista desde aquí es mucho mejor que la que hay en el salón, se ve la sierra, blanca por primera vez este año. Me llama Vladimir muy sorprendido. No es para menos, es extraño ver el taller cerrado. Le digo que espere en el bar, que enseguida voy. No sé dónde estará Aurora, pero el misterio de por qué no contestaba al teléfono está resuelto, no puede tardar mucho en venir. El otro tema, el del banco, seguro que es un lío informático: que se ocupe Lorenzo. Salgo, echo la llave, bajo por la escalera y me vuelvo a olvidar el paraguas. Dos, tres, cuatro mil veces con la misma piedra. Tiro para adelante, llueve menos. Se me mete un goterón por el cuello de la camisa, y ya no me queda ni la alegría del bocata de panceta.

Silvia

A ver si le ha dado un infarto, o un ictus, por la calle. Tengo que pasar más tiempo con ella. Con los dos. No me atrevo ni a pensar en cuando no estén. Solo con recordar el día que murió Leo, mi gatita preciosa, me pongo mala; es comprensible que no me haya atrevido a tener más animales. A lo mejor por eso no encuentro pareja. Instagram. Jorge ha colgado fotos del cumpleaños de su hija. Si yo hubiese querido, esa niña no existiría, aunque no me las voy a dar de heroína: acabé con la relación, con el triángulo de los cojones, porque Jorge es mucho más elemental que la media de su género, lo cual lo convierte casi en un simio. Me costó descubrir qué había debajo de aquella máscara de timidez, de aquellos silencios. Nada. Calladito es mucho más fácil parecer interesante, que seamos los demás quienes hablemos y metamos la pata; sonrisa al suelo, arrastrar la punta del zapato, unos ricitos por la frente y viva el mundo interior. Que le aproveche a su mujercita. Tengo que comprar más ajos negros, está claro que se están poniendo de moda. A mamá le irían fenomenal, pero no hay manera de convencerla. Con papá ya ni lo intento. Otra vieja recién salida de la peluquería, ni que regalasen los tintes. Me sonríe desde el otro lado del escaparate. ¡Mamá!

—Sorpresa, sorpresa —me dice sin abrir del todo la puerta.

De rubia está tan distinta que hasta me da un poco de miedo. Entra sin perder la sonrisa con la que intenta disimular su inseguridad. No sé qué cara poner.

—¿No me queda bien?

Confieso que se me hace raro, e intento suavizarlo alegando que debe de ser la novedad. La miro de arriba abajo. Tal vez el problema esté en su indumentaria, esa falda plisada y esos zapatos gastados no pegan para nada con un peinado tan pijo. Camina hasta detrás del mostrador y se sienta en uno de los taburetes para que no pueda observarla más.

—¿Qué tal todo? —pregunta, aún con la sonrisa.

Le explico que estábamos buscándola. Se sorprende, me dice que somos unos exagerados, que se ha dejado el teléfono olvidado, como siempre. Le cuento que papá ha ido incluso a casa para ver si estaba bien. Eso la impresiona. Se queda callada.

—Ha sido cosa de Lorenzo, no sé qué lío ha descubierto en el banco. No me he enterado del todo. Tiene miedo de los piratas informáticos, ya sabes lo pesado que se pone con esas movidas.

Hace un mohín de disgusto.

—Voy a avisarlos de que estás bien. Papá temía que hubieses huido a Brasil con otro —intento bromear.

Escribo un mensaje a cada uno. Papá lo ve inmediatamente. No va a llamarnos, imagino su expresión, o su falta de expresión: todo ha vuelto a encajar, sigamos adelante. Mamá se ha quedado pensativa. Le pido que llame a Lorenzo para que él le explique lo del banco y se pone roja. Creo que es la primera vez que la veo ruborizarse. Mira al suelo.

—Mamá, ¿hay algo que quieras contarme?

Su rubor aumenta.

—No sé por qué tiene que mirar nadie en mi cuenta corriente.

Tiene razón, y sin embargo, aunque siempre la defiendo, esta vez no puedo. Hablamos de mucho dinero; comparto los miedos de mi hermano, podrían haberla engañado. No es una viejecita a la que se pueda hacer el timo de la estampita, pero ahora, sobre todo en internet, te la cuelan a la mínima.

Entra la mujer de las muletas rojas. Con el lío, no la he visto pasar frente al escaparate, me pilla desprevenida.

—¿Te gustan mis nuevas muletas? —me pregunta como siempre que viene, desde hace dos años.

Se planta junto al mostrador y nos mira alternativamente a mi madre y a mí a través de sus gafas de culo de vaso. Mamá le sonríe, se baja del taburete y me pregunta si iré a comer el domingo. Le contesto que sí y camina hasta la puerta.

—Tiene usted una hija muy lista..., y muy amable —le dice mi clienta.

Mi madre le da las gracias y se marcha. Definitivamente, el peinado no le queda bien, no cuadra con su personalidad. En cuanto se cierra la puerta suena, por primera vez, la campanilla que instalé para que me avisara, si estoy en la trastienda, de la llegada de clientes. Parece celebrar solo que se marchen. Miro a la clienta y, en vista de que no dice nada, le pregunto en qué puedo ayudarla, aunque imagino que será lo de siempre.

—Necesito algo para los nervios —me confirma.

Debe de tener la casa llena de infusiones, pero como con ella es inútil intentar razonar le ofrezco una tisana con lúpulo y tila. La coge y comienza a hablarme de su vecina de enfrente, que ha dejado de saludarla. La escucho durante media hora y me gano el cielo y tres euros y sesenta céntimos. Cuando se marcha es casi la hora de cerrar. Qué raro que mamá haya venido tan tarde. A las dos y diez clavadas llega papá a casa y tiene que estar todo listo. Suena el teléfono. Lorenzo, que ha leído mi mensaje y está cada vez más preocupado con el lío del banco. Le explico que mamá se ha enfadado con él por haber mirado en su cuenta y me abstengo de ponerme de su lado, de confesar que no me parece mal que lo haya hecho. A lo mejor es que soy una mala hermana. Aún tenemos esa competición entre nosotros, aún luchamos como polluelos que necesitasen garantizar el alimento de la madre. Lorenzo me dice que en cuanto termine de comer se pasa a hablar con ella, y me alegro ante la perspectiva de que ella pueda enfadarse más, de que mi hermano pierda los puntos que ganó al ocuparse del tema de la herencia de la abuela. Cuelgo y miro de nuevo Instagram. Otra vez las fotos del bebé. Bloqueo a Jorge. Abro Tinder. Cinco *super likes*. Demasiado mayor. Adiós. Dientes de conejo. *Bye bye!* Cadena al cuello y cerebro en la polla. A tomar por culo. Con un perro de aguas; el pelo revuelto; sonrisa y mar al fondo. Aceptado.

Aurora

No sé por qué tiene que meter nadie la nariz en mis asuntos, es mi dinero y hago lo que quiero. La una y media. Alfredo llegará antes que yo. Que se tome un aperitivo y espere, no se va a morir. Menuda cola hay en el autobús; si no fuese por esta maldita lluvia, que me va a estropear el peinado, me iba andando. Parece que a Silvia no le ha gustado mucho mi nuevo look, o como se diga. Las dos menos cuarto. ¿Y si me cojo un taxi? Nadie se va a enterar.

—¡Taxi!

La conductora es una chica de la edad de Silvia. Qué graciosa. Me siento con el bolso sobre las rodillas y le digo la dirección. Me sonríe con unos dientes preciosos. Va muy atenta; conduce mejor que Alfredo. Qué cosas hay que ver. Como se ponga gallito le echo en cara que se gastara, sin preguntar a nadie, la herencia de su madre en reparar la casa del pueblo, a la que nunca vamos, en lugar de cambiar los armarios y las tuberías del piso. Es raro que los chicos nunca hayan querido conducir. En eso han salido a mí. Hemos tenido suerte con ellos. Alguna borrachera de Silvia, alguna noche de llegar a las tantas y poco más. Casi me resultó más preocupante lo de Lorenzo, todo el día en su cuarto. Prácticamente no tenía amigos. Ya estamos aquí. Solo por ver la sonrisa y los ojos de esta chica merece la pena pagar los quince euros. ¿Adónde habrán ido a parar aquellos taxistas mal afeitados, con el palillo en la boca? Le dejo propina, me bajo y ¿a quién veo acercarse desde el fondo de la calle? A Alfredo. Si pongo un circo me crecen los enanos. Me doy la vuelta para que no me reconozca, aunque lo último que se imagina es que esa rubia que baja de un taxi sea su Aurora. Abro el paraguas y camino calle abajo. En la esquina me giro. Me observa parado junto al portal; ha reconocido el paraguas. Parezco tonta, no hay uno así en todo el barrio, a gajos verdes y rojos. Me tenía que haber comprado el negro, en cuanto saco los pies del tiesto lo acabo por pagar. Regreso, no sé qué decir.

—¿Qué haces? —me pregunta asombrado.

—Iba a por un poco de lechuga, pero hago unas patatas. ¿Por qué has vuelto tan pronto?

—Son las dos y diez.

Miro el reloj. Es verdad.

—¿Y ese peinado?

—¿No te gusta?

—¿Desde cuándo eres rubia?

—Desde que me han echado el tinte —le digo, y lo aparto para abrir la puerta.

Me mareo un poco. Tanto correr de un lado a otro y tanto hablar me tienen sin aliento. No se da cuenta. Llama al ascensor y mira en el buzón. Tiene un nuevo corte en la mano, y luego dice que solo hace trabajo de oficina.

—¿De dónde vienes en un taxi?

—De donde me dé la gana. Ya vale de tanta pregunta. Y si no te gusta el peinado podrías disimular, me lo he hecho para estar más guapa.

Entro en el ascensor. Tarda en seguirme, no abre la boca hasta que llegamos al piso. Me da pena verlo mojado y cuelgo su abrigo en el radiador para que a las cuatro esté seco.

—¿Y a la comida qué le ha pasado? —me pregunta.

No era hoy el mejor día para estas anarquías, pero quién iba a imaginarse que el listillo de Lorenzo fisgaría en la cuenta del banco. Empiezo a ponerme nerviosa. Pelo y corto las patatas a toda velocidad y las echo al aceite, bato un huevo, rebozo los filetes de pescado, meto la sopa en el microondas. Alfredo ha encendido la televisión. Es como si pudiese verlo, enfurruñado en el sofá. Hago una tontería, y ya van unas cuantas hoy, y le pido que ponga la mesa. Se le agriará el humor, por las noches a veces la pone él, pero no a mediodía. Sin embargo funciona; se levanta resignado, coloca el mantel y viene a la cocina a por los platos y los cubiertos. A las patatas aún les falta un poco. Abro una lata de mejillones y se la llevo con un botellín. No dice nada, aunque sé que lo agradece. La sopa ya está caliente, le sirvo un buen plato y de pronto me da miedo sentarme frente a él. Estoy loca. Ahora sacará el tema del dinero, a ver qué le explico. Vuelvo a la cocina para atender el fuego y él empieza a comer sin mí. Mejor. Frío el pescado y saco las patatas. Trae su plato vacío.

—Se te está enfriando la sopa —me dice.

—Voy a comer solo el pescado —se me ocurre.

Regresa al comedor, trae la sopera y se queda como un pasmarote. Llevo todo a la mesa antes de que pueda sacar el tema. Se sienta y le sirvo su filete y casi todas las patatas. Es igual que un niño, no hay nada que le haga más feliz que un buen plato de papas fritas. A lo mejor hasta consigo terminar de comer sin que hable del asunto. Noto que vuelve a examinar mi peinado. No se atreve a opinar, pero una cosa lo lleva a la otra y termina por preguntarme por la herencia. Me atraganto, toso como loca. Me llena el vaso de agua. Alargo el numerito todo lo que puedo hasta que no me queda más remedio que parar, ha notado que exagero.

—¿No habrás hecho alguna tontería?

—¿Consultaste tú con alguien antes de gastarte lo de tu madre? —le lanzo, como tenía planeado.

—¿Qué has hecho con el dinero?

—Lo que a ti no te importa.

—Quedamos en que se guardaba por si había alguna emergencia, algún imprevisto.

—Pues eso es lo que ha habido. Y no me preguntes más porque no pienso contártelo.

—Yo no arreglé la casa del pueblo a escondidas.

—Las mujeres ya no tenemos por qué ir dando explicaciones todo el día a los maridos.

Me mira de arriba abajo con un gesto que me parece de desprecio y me suelta:

—No te queda bien ese color de pelo; no hay nada más ridículo que un viejo que quiere hacerse pasar por joven.

—El viejo eres tú. Y que sepas que la taxista conducía mil veces mejor que tú.

Me levanto y llevo mi plato a medio terminar hasta la cocina. Me quedo allí. Él acaba con sus patatas, viene a por una mandarina, la pela junto al cubo de la basura y se marcha al dormitorio con los gajos en la mano. Creo que no se tomaba el postre así desde que se arrimaba a mí los domingos para que me fuese a dormir la siesta con él. Cojo el frutero y me siento a la mesa; a lo tonto, me he quedado con hambre. Si salen malas estas manzanas se las tiro a la cabeza al Jonathan; muy simpático y lo que tú quieras, pero en cuanto te descuidas te la cuela, al precio que está todo. No te digo, esta tiene un golpe. La de fruta medio podrida que me habré comido para que a los demás les tocase la fresca. Y yogures caducados, huevos fritos con la yema rota, filetes con nervio, chuletillas sin palo. Le quito la pegatina a la manzana y me la coloco en la frente, como hacía Alfredo para hacer reír a los niños cuando eran pequeños. Ahora me las pega siempre en el borde del plato, por más que le explico que luego con los guantes de fregar no hay quien las quite. Silvia un día quiso ponerle los guantes para que las despegase él, dice que es la única forma de enseñar a un hombre, pero Alfredo se enfadó. Es mejor aprender a manejarlos que enfrentarse; no le tenía que haber dicho lo de la taxista, esas cosas le duelen. Pelo la manzana empezando por arriba y consigo llegar hasta abajo todo seguido, con la piel en una sola tira que se enrolla sobre sí misma. Si la colocas con cui dado puedes llegar a hacer una manzana hueca, como la momia de una película de miedo. Tengo buena dentadura, de eso no me puedo quejar. La de Carmen se habría quedado pegada a la manzana al primer mordisco. Rica sí que está. Tiene cuatro semillitas. Ya sé qué voy a plantar en el tiesto del geranio que se me murió. Las meto entre algodón, echo un poco de agua y me siento con el teléfono.

Escribo a Elsa:

> Han descubierto que me he gastado el dinero,
> pero no saben en qué

Me contesta:

???

Le explico que ha sido el listo de Lorenzo y me pregunta si me puede llamar. Le digo que no; a Alfredo le molestan los ruidos, no quiero más broncas.

Igual es mejor que les cuentes la verdad.
O al menos una parte de la verdad

> Ya no te parece una locura
> lo que he hecho?

Sí. Como una catedral

Me quedo callada. Tiene razón, no sé quién me manda preguntar.

A mí me ha costado aceptarlo, ya lo sabes.
Pero es lo que tú quieres y punto.
Así lo tendrán que aceptar ellos también

Sigo sin contestar y como me conoce no insiste más.

Lorenzo

Cualquier día me muerde este perro, tiene una mala leche que asusta al más valiente. Abre la puerta la dominicana de los pies torcidos: «Los señores no están, y no firman las multas, ya lo sabes, mi amor». Le doy el resto de las cartas y me marcho, no sea que se escape la fiera. Tengo que hablar con mamá urgentemente, podrían haber atacado incluso la otra cuenta; si ha sido algo fraudulento hay que actuar ya. Y el carrito que vuelve a chirriar, no sé ya que echarle. Llego a la oficina, me lavo las manos y a las tres en punto me marcho, como todos, para algo somos funcionarios. En casa, mientras me como el repollo con chistorra que preparé ayer, investigo en internet sobre la empresa que figura ser destinataria de la transferencia. No encuentro nada, el asunto es rarísimo. Llamo a papá y me dice que lo mejor es que lo hablemos en la comida del domingo. Le digo que no podemos esperar tanto y me pide que intente yo hablar con mamá; él no ha conseguido nada. Entro en la web del piso que me gusta. Ha recibido treinta visitas desde ayer, ocho personas lo han añadido a favoritos. Llamo a la comercial, no me coge el teléfono, es la hora de comer. Le escribo un mensaje, quiero reservarlo. Llevo un mes con este tema y Rafa está de los nervios. Ninguno de los pisos con el número uno en nuestra lista ha durado una semana sin ser vendido. La comercial me devuelve la llamada. Hay que pagar una señal de mil euros, dice; eso ya lo sabía yo, lo que desconocía era que hubiese otra pareja a punto de quedarse con él.

—Es la ley del que llega primero, cielo —me recuerda ella cuando le pido que me dé unas horas para hablar con mi familia, necesito una pequeña ayuda de ellos.

Aunque lo más probable es que se trate de una estrategia de venta, hago una transferencia inmediata a través de la web de la agencia y me conceden quince días para formalizar un contrato de arras. ¡Enhorabuena!, me felicita un muñequito amarillo que brinca por la pantalla. La chistorra y el repollo comienzan a darse patadas en mi estómago. De momento, no voy a decirle nada a Rafa. Tal vez le prepare una sorpresita de las que le gustan.

Me presento con el ordenador en casa de mamá en cuanto termino de comer y por poco suelto un grito cuando me abre la puerta: teñida de rubio, se parece un montón a la abuela, a un fantasma. Además, tiene en la frente una pegatina de las que se ponen en la fruta.

—Mejor no opines. Yo me veo muy guapa —me advierte.

Señalo su frente y no entiende. Le quito la pegatina, se ríe avergonzada y pasamos al salón. La lavadora centrifuga en la cocina. Me siento en el sofá, dejo la pegatina en la tapa del ordenador y voy al grano, sabe de sobra por qué estoy aquí.

—Me gustaría que dejaseis todos de tratarme como si fuese una niña pequeña o una retrasada —se defiende.

Le muestro el movimiento del banco. Se acerca a la pantalla, entorna los ojos y se marcha a la cocina a por sus gafas. La lavadora traquetea enfurecida.

—Es correcto, no tenéis de qué preocuparos —me dice una vez que mira de cerca la pantalla.

Se quita las gafas. El pelo, con la luz del sol, le brilla como a una muñeca.

—Es un dineral. ¿A quién has pagado eso?

—A quien a ti no te importa. Les he dicho lo mismo a tu padre y a tu hermana. Es mi dinero y hago lo que quiero con él. ¿Miro yo en tu banco para opinar en qué te gastas el salario?

—Puedes entrar cuando quieras, yo no tengo nada que ocultar.

Es una mentira como una casa. Sigo metido en el puto armario.

—Eres tan soso como tu padre, es verdad —me reprocha ella.

—No sé a qué viene eso.

—¿Quieres merendar? Tengo torrijas.

—He comido hace un rato. ¿Ni siquiera a papá le vas a contar qué has pagado?

—Revísame la tablet, no sé qué he hecho que me salen anuncios guarros todo el rato.

—¿No le habrás dado a nadie el número de la tarjeta de crédito, o los datos de la otra cuenta?

—He pagado con un talón del banco, es todo legal.

Coge su tablet, que reposa sobre la mesa del comedor, y me la pasa. Tiene otra vez activadas las notificaciones de varios sitios web.

—No hay quien use internet ya, todo el tiempo están preguntándote ese lío de las cookies, solo aparecen anuncios y cochinadas.

—Por eso debes tener cuidado. Hay muchos más estafadores ahí dentro que en la vida real.

—Ayúdame a mover una jardinera —me dice a la vez que camina hasta la terraza.

Debería alegrarme que recupere su pasión por las flores, por sus macetas, las tenía abandonadas; sin embargo, el cambio me parece una nueva prueba de que le sucede algo raro. Agarro la jardinera, pesa lo suyo. Me pide que la ponga cerca de la ventana para que no le dé el frío y la coloco sobre el alfeizar que se abre al salón. Casi todos los vecinos han reformado esta zona, la han integrado en sus pisos. Mamá nunca ha querido. Me pide ahora que rellene la jardinera con tierra de un pequeño saco que hay en una esquina mientras ella va a por unas semillas. Me pongo de mal humor, siempre es Silvia quien la ayuda con estas cosas. La última vez que planté algo —unos tomates en la casa del pueblo— tardé una semana en quitarme la mierda de las uñas.

—Ya verás qué manzanas más ricas van a salir —me dice mientras me muestra tres semillitas envueltas en un algodón húmedo.

Imagino tres manzanos aflorando por debajo del toldo, destrozando la nueva terraza del vecino. Mamá clava un dedo en la tierra e introduce una de las semillas.

—Planta tú esta —dice, y señala el sitio donde debe ir.

Dudo; el polvo del saco ya me ha dejado las manos ásperas.

—No seas melindres. Ya verás qué ilusión hace cuando crezca.

Obedezco, qué remedio. Ella agarra una pequeña regadera y empapa la tierra, feliz.

—¿Has terminado de revisarme la tablet? —me pregunta al ver que me miro los dedos, convencida, claro está, de que la jardinería no es lo mío, y como no reacciono, añade—: En el cajón de debajo del lavabo hay un cepillo de uñas.

Por más que froto con agua caliente y jabón, no termina de salir la mugre. Voy a la cocina y, ayudado de un palillo de dientes, logro que la cosa quede más o menos aparente. Mamá mientras tanto se lava las manos con estropajo y jabón para la vajilla. Estoy por confesarle que necesito dinero, que de alguna forma, aunque nunca hubiese llegado a plantearlo, pensaba que ella me podría ayudar, y no me atrevo. Me hacen falta más datos para poder jugar mis cartas en condiciones.

Alfredo

Hace un viento cruzado criminal. Yo que Juan no haría hoy el estreno. Un flamante F-16 de la USAF no se puede arriesgar así. Es increíble lo que ha cambiado el hobby en unos años, ahora hacen maravillas, y mucho más barato todo. Benditos chinos. Se lo coloco en la cabecera de la pista, comprueba alerones y timones, y mete toda la potencia. La turbina zumba como un gorrino en la matanza, por utilizar la expresión de Paco que tanta gracia me hizo, pero aun así la maqueta tiene que recorrer la pista entera para coger velocidad; es lo malo de los modelos con este tipo de motor. Los socios del club, los cuatro o cinco que nos hemos atrevido a venir en un día con este viento, no le quitamos ojo. Justo al final del asfalto levanta el morro y empieza a ascender, colgado, a punto de entrar en pérdida. Qué vuelo tan poco realista, para eso es mejor dejar la maqueta en el coche como voy a hacer yo. Juan hace un par de pasadas erráticas y aterriza en cuanto puede, fuera de la pista, de manera precipitada; ha pasado un mal rato. Nadie se atreve a despegar detrás de él. Hacemos corrillo, nos ponemos de cháchara y Pedrito saca el tema de las enfermedades. Desarmo mi avión y lo guardo en el coche, no sea que una ráfaga me lo vuelque. Regreso al corrillo, pateo el suelo para entrar en calor. Juan se pone a hablar de política. Habría que prohibir estas cosas en los estatutos del club: ni enfermedades ni política. Al fondo, camino del aeropuerto, vemos aparecer el A380 de Qatar Airways. Es una mole de dos pisos con cuatro motores. De la punta de las alas salen chorros de vapor provocados por las turbulencias. Pedrito y Juan están cada vez más enconados en una discusión sobre los inmigrantes. Me despido mientras me froto las manos y me meto en el coche. Aún estoy a tiempo de ver la salida de MotoGP. Algo bueno tenía que traer este viento cruzado. Pongo la calefacción a tope y arranco. Es una delicia cómo suenan las válvulas de los Volkswagen. Admisión, inyección, explosión, expulsión. Al llegar a casa aparco en la puerta; la gente del barrio ha salido en tromba para sus pueblos, como todos los domingos. Podríamos haber ido nosotros, pero no me ha apetecido, ando de uñas con Aurora. A ver si cuando vengan los chicos conseguimos aclarar algo. Normalmente descargo primero el ala y luego la cabina, para poder entrar con cuidado, pero me aventuro a hacer un solo viaje. Subo por la escalera, eso sí, que la puerta del ascensor es muy traicionera. Aurora tiene un buen trajín en la cocina; además del cordero, hay que preparar el habitual plato de verduras para Silvia. En mi casa se comía lo que se llevaba a la mesa. Hemos criado una generación de caprichosos y mimados.

—¿Por qué tienes esa cara de enfadado? —me pregunta Aurora.

Le contesto que por nada. Para qué voy a protestar otra vez por la tontería de no comer carne si va a defender a la niña, como siempre. Me siento frente a la tele. En el circuito está lloviendo, la carrera promete. Aurora me trae un botellín y unas patatas. No le doy las gracias. Sigo enfadado. Dan la salida, el piloto español sale noveno y antes de completar la primera vuelta ya es primero. A ver si se va a caer, el asfalto parece una pista de patinaje. Cómo corría mi Vespa, y solo tenía 150 centímetros cúbicos... Ojalá se matase el desgraciado que me la robó. Llega Lorenzo. Viene hecho un pincel, como siempre. Aurora le trae otro botellín, a él con vaso, claro está. A veces me da un poco de repelús este chico. Hoy parece nervioso, agita las piernas y devora las patatas. Lo miro de reojo, se levanta y rellena el cuenco. El español patina a la entrada de la recta y se va al suelo. Apago la tele. Llega Silvia con un táper, me da dos besos, otros dos a su hermano y se marcha a la cocina. Otros dos besos a su madre. Lorenzo ni nos ha tocado, en eso ha salido a mí.

—Os he hecho unos callos con garbanzos —nos informa Silvia desde la puerta de la cocina, aún con el táper en la mano.

Durante un segundo creo que se trata de uno de mis platos favoritos, con su chorizo y su morro, hasta que caigo en que la cosa tiene trampa. Hablamos con toda seguridad de alguna guarrería vegetariana. Contra todo pronóstico no están malos. Los tomamos de aperitivo, ya sentados a la mesa, y me tengo que poner las gafas para descubrir que lo que deberían ser callos son en realidad setas. Los garbanzos son de los de toda la vida.

—Podrían ser garbanzos de cerdo; tratándose de llevar la contraria, sería lo mejor —bromeo.

—Claro, y en lugar de sal les pongo azúcar. El próximo día te los hago.

—Están muy buenos —tercia Aurora.

Podría reconocerlo yo también, de hecho me he comido todos los que me ha servido, pero algo me dice que Silvia estará dentro de poco en el bando de la madre. Lorenzo no abre la boca, sigue serio, nervioso. Agradezco en cualquier caso que espere a que terminemos de comer para sacar el tema del dinero; el cordero está de muerte, ni horno de leña ni tonterías, no hay nada como las manos de esta mujer, al césar lo que es del césar. Y las patatas de guarnición también son de leyenda. Ella no las ha probado, para que le queden suficientes a Silvia.

—Os tengo que contar una cosa —salta Lorenzo.

La que tiene algo que contarnos es Aurora, no él. El asunto no me gusta desde el principio, nuestra familia no está para otro sobresalto, creo yo, aunque es evidente que cada vez soy más un cero a la izquierda.

Nos quedamos a la espera de que continúe, y como no lo hace interviene Aurora, risueña:

—¿Voy a tener que poner otro cubierto los domingos?

Esa no sería mala noticia, a este chico le hace falta un buen revolcón, cada día está más claro.

—He dado la señal para un piso. Quiero mudarme, estoy harto de pagar alquileres.

—Y te mudas con alguien, claro —dice Aurora, aún esperanzada.

Él parece dudar y al final responde que no.

—Hermanito, no seas mentiroso —lo chincha Silvia.

—Me voy solo. El problema es que el banco me cubre solo el ochenta por ciento.

Acabáramos. Queda aclarado por qué ha sacado el tema. Tanto es así que su madre se ha quedado lívida. Aunque no termina de convencerme me alío con él, paso al ataque:

—A lo mejor habría sido buena idea usar el dinero de tu herencia para echarle una mano.

Aurora agarra la fuente con los restos del cordero, se la lleva a la cocina, se demora allí un buen rato y regresa en silencio a recoger los platos sucios. Silvia la ayuda.

—¿Podemos contar con ese dinero? —insisto.

—No —responde ella.

—Pues sigue pagando el alquiler —le suelto a Lorenzo.

—Yo también pago un alquiler —protesta Silvia.

—Mamá, ¿por qué no nos cuentas qué has hecho con el dinero? Podríamos ayudarte —propone Lorenzo.

—¿Para eso entraste a cotillear en mi cuenta, para ayudarme?

Lorenzo se pone rojo. Hay que reconocer que en esto Aurora tiene razón.

—Ya os he contado a cada uno hasta donde puedo —añade ella mientras distribuye los platos de postre.

—Qué misterio —ironizo.

Se marcha de nuevo a la cocina y empieza a fregar los platos sin siquiera traer el postre a la mesa. No sé qué manía tiene esta mujer de no poner el lavavajillas.

—¿Cuánto te hace falta? —pregunto a Lorenzo.

Se trata más o menos de la cantidad que tenía Aurora en su cuenta. En la nuestra, en la de los dos, tenemos una cantidad similar, pero sería una temeridad emplearla en el préstamo para un piso. A nuestra edad no sabe uno qué puede pasar, con mi pensión de autónomo no iremos muy lejos.

—A mí me vendría fenomenal comprar un local. El alquiler se come la mitad de las ganancias de la tienda —insiste Silvia.

Más ruidos de platos y cubiertos en el fregadero.

—Mamá, ¿te importa venir un momento? —pide Lorenzo.

La otra no contesta. Silvia se levanta y al cabo de un par de minutos regresa con ella y con el postre.

—Ya os he dicho a los tres que con mi dinero hago lo que quiero. Si teníais tantas ganas de invertir en el ladrillo haberlo dicho antes.

—¡Qué sabrás tú de ladrillo! —grito sin poder contenerme.

—Las mujeres servimos para muchas más cosas que estar en la casa, que lo sepas —me contesta.

—¡Acabáramos! ¡Las feministas de los cojones te han comido el coco! ¡Otro misterio aclarado!

—¡Papá, por favor! —me regaña Silvia.

De pronto, Aurora agarra un plato y lo estrella contra el suelo. Los trozos salen disparados en todas direcciones. Nos quedamos en silencio como si hubiésemos visto un fantasma, con la boca abierta. Uno de los fragmentos, grande, con forma curva, oscila sobre las baldosas hasta que poco a poco se detiene. Aurora nos mira con una leve sonrisa, no parece darse cuenta de lo que ha hecho. Se está volviendo loca. Ese lado raro, rebelde, que siempre ha tenido oculto parece haberse disparado. Silvia es la que reacciona, coge los trozos del plato y los tira a la basura. Aurora, todavía con gesto ido, baja la vista, se estira los guantes, se quita el jabón que aún tiene entre los dedos.

—Siéntate, anda —le pide la hija.

Obedece ahora con docilidad, se sirve vino, sin quitarse los guantes, y bebe un buen trago. Se me pasa por la cabeza que pueda estar borracha, lo cual no tiene sentido; esta historia viene de atrás.

—¿Qué tal si nos comemos ya el postre? Las mandarinas están muy ricas y para desengrasar el cordero vienen fenomenal —propone, como si no hubiese pasado nada, y se quita por fin los guantes.

El anillo de casada, que siempre lleva, rueda por el suelo, choca contra un trozo de plato que Silvia no había visto y desaparece. Nos quedamos de nuevo paralizados, Aurora la que más. Se le humedecen los ojos. Silvia se mete bajo la mesa y busca.

—Ha caído hacia el mueble —resopla Lorenzo.

Mis ojos se cruzan con los de Aurora. Los desviamos a la vez. Le tiemblan las manos. Miro mi anillo: la piel arrugada alrededor, los bordes desgastados, el brillo mortecino. Silvia da con el de Aurora y se lo tiende, aún a cuatro patas. Ella se lo pone con un gesto rápido y emite un suspiro entrecortado.

—A lo mejor se puede aún pedir que te devuelvan el dinero y analizar con tranquilidad tu inversión —dice Lorenzo mientras hace una bolita con las migas del pan.

—Eso suena bien —se apunta Silvia.

—¿Otra vez? ¡Se acabó la conversación, no sé qué narices os habéis creído! ¡No quiero volver a hablar del tema! —grita Aurora, y agarra otro plato con mano temblorosa.

Silvia se tapa los oídos en un gesto instintivo. Lorenzo cierra los ojos, como hago yo. Aurora finalmente consigue contenerse y se marcha indignada a la cocina. Esto es demasiado. Me levanto, me voy al dormitorio y cierro de un portazo. A ver quién es el guapo que duerme la siesta ahora.

Aurora

Eso, vete a dormir, y yo a la cocina, que es mi sitio. Cada día está más viejo y más cascarrabias. A ponerse los guantes otra vez y a frotar. Qué lástima de plato, podría haber roto uno sopero, que tenemos un montón. Esta grasa no sale ni con un litro de Fairy. Silvia viene a ayudarme. Y el otro también.

—Ya termino yo en un momento, aquí no cabemos, marchaos a ver la tele —les pido.

No me hacen caso. Está claro que quieren seguir con el tema. Me quito los guantes, se los doy a Lorenzo y le paso la bandeja del cordero. Seguro que la deja como un espejo. Le cuelgo también un delantal, a ver si se va a manchar esos pantalones blancos. Silvia mete las verduras que han sobrado en la nevera. Estaban bien ricos sus callos veganos, hasta a Alfredo le han gustado; a mí no me engaña, sé siempre lo que se le pasa por la cabeza. Él, en cambio, ni se huele lo que pasa por la mía. Creo que para eso son igual de tontos todos los hombres. Me voy al salón y enciendo la tele; no sé dónde meterme, no sé qué hacer. Qué prontos, los míos. Tenía que haber preparado mejor la función, ya me lo dijo Elsa. Pero las cosas van demasiado rápido. A este paso, me muero en dos días. Al cuarto con Alfredo no pienso ir, eso sí que podría matarlo, hace lo menos diez años que no dormimos la siesta juntos. Cuando más le gusta es por la mañana, algunos domingos que aún se levanta «con el garrote tieso», como dice él. Me voy a meter en el cuarto de Silvia; les digo que me encuentro mal, lo que sea antes que tener que enfrentarme a ellos otra vez. Demasiado tarde, ya están aquí.

—¿Podemos hablar un momento tranquilos? —me pregunta Lorenzo.

—Yo estoy tranquila —miento.

—Ha sido culpa de papá, nos ha puesto nerviosos a todos —tercia Silvia, y se sienta a mi lado.

Me agarra la mano. Juega con la alianza. Mira que es empalagosa esta hija mía.

—¿Has invertido en criptomonedas? —pregunta Lorenzo.

—¿Cripto… qué?

—Dinero de internet. Es superpeligroso.

—Me voy a dormir la siesta.

Se quedan callados. Me han cogido miedo. Me veo comprando una vajilla entera nueva. En la terraza, una ráfaga de viento agita las plantas. Me acerco a la ventana; las semillas que plantamos parecen estar germinando, la tierra se ha abultado. Salgo a regarlas. Lorenzo habla en voz baja con Silvia. Es muy raro que de repente se quiera comprar un piso, hay algo que no encaja. Menudo dolor de cabeza se me ha puesto otra vez; al final va a ser verdad que no me encuentro bien. Se callan en cuanto me ven entrar; miran al suelo. Me meto en el cuarto de Silvia y cierro la puerta. Me quito los zapatos, me arropo con el edredón, miro al techo. Ahí siguen las manchas junto al armario. Silvia, de pequeña, creía que se movían por la noche, que trepaban por las paredes como fantasmas. Tomé una decisión y ya está. Hay cosas a las que es mejor no dar vueltas. Es tu secreto, Aurora. Es tu secreto. Es tu secreto. Y mi derecho. Yo no soy tonta, como dice el del anuncio. Qué nerviosa me ponen, el anuncio y el señor que sale en la foto. No vuelvo a comprarles una lavadora, aunque esta haya salido buena. Alfredo decía que no la iba a saber manejar, y me sé todos los programas. El que no sabe ni abrir la puerta es él. Un día le encargué tender unos manteles y ahí se quedaron hasta que volví de la peluquería. Claro, como él no los plancha... Hay un millonario americano que no ha dejado nada a sus hijos, dice que así se tienen que buscar la vida, que es la única forma de ser feliz. Y también un cantante inglés, nada de herencias. *Volver a empezar*, qué bonita aquella película, qué romántica. Yo creo que ganó hasta un Oscar. El amor está por encima de todo, por eso sí que merecería la pena regresar a la casilla de salida. Me entra un wasap de Elsa, parece que ha leído mis pensamientos.

Quieres probar la heroína?

Mira que tiene guasa esta mujer. Le envío un montón de jeringuillas.

Ella me devuelve caras de risa.

Has hablado ya con la familia?

Me acaban de hacer un interrogatorio
que ni los nazis

Eso va a acabar mal. Tú verás.
De todas formas te escribía por otra cosa.
Estoy en crisis

Me envía una foto de la cremallera que le ha puesto a la funda de un cojín. Le devuelvo un montón de aplausos aunque la tarea está así, así; uno de los lados parece la carretera que lleva al pueblo. Menos mal que Alfredo ya no corre, la de mareos que me he pillado yo en esas curvas. Ahora una foto de la tela verde de seda.

Tú crees que estoy preparada?

Empiezo a contestar con mucho tiento, hasta que el maldito corrector del móvil me cambia todo:

Creo que aún no estás preñada
para trabajar con la seda,
es un poco prepucio

La llamo, parecemos tontas aquí con el telefonito.

—Tesoro, necesito la blusa para la boda del sábado —me dice a modo de saludo.

Le vuelvo a explicar que coser seda en la máquina son palabras mayores, que se puede organizar el estropicio del siglo.

—Ven a ayudarme —me pide.

—No puedo.

—Sí puedes.

—No, que me drogas.

Se ríe. La verdad es que podría tratar de acercarme luego, pero los domingos por la tarde es cuando voy con Alfredo a la pastelería y algo me dice que mejor no andarse con más experimentos. Le prometo que tendrá su blusa a tiempo, que ya veremos la forma de coordinarnos, y cuelgo; necesito descansar un rato, los teléfonos no son buenos para el dolor de cabeza, bien que lo dicen en la tele. Oigo a Silvia y a Lorenzo hablar fuera, intentan que sea por lo bajini, pero no lo consiguen. Discuten. Me tapo la cabeza con la almohada, dejando la nariz fuera, y respiro despacito hasta que consigo parar el coco.

Lorenzo

Al final voy a perder la señal del puto piso. No sé qué mierda pasa últimamente que mido mal todo. Rafa me ha abducido, ha bastado una comida aquí en casa para que la realidad me golpee como un bofetón y me devuelva a la casilla de salida. Suena la cisterna del cuarto de baño y Silvia sale con la misma cara de mala hostia, aunque por lo menos ahora se sienta a mi lado.

—Perdona —le digo.

No contesta, se remueve en su sitio, cruzada de brazos. Siempre hemos tenido una relación bonita, no me ha importado ser su peluche, el juguete del que ha cuidado treinta años.

—¿Cómo habrías reaccionado tú? —me pregunta sin descruzar los brazos.

Antes de Rafa, me habría dado igual el dinero, es la verdad, y la constatación de que estoy metido en un buen lío.

—Estás con alguien, ¿no? —me pregunta, y apoya las manos sobre sus muslos.

No me atrevo a responder. Me ha lanzado indirectas miles de veces, el hecho de que lleve tiempo sin hacerlo solo puede significar que se lo huele, y aun así no soy capaz.

—¿Cómo se llama el afortunado? —me suelta al tiempo que sube las piernas al sofá y se coloca de lado, mirándome por fin con una sonrisa.

—Rafa —confieso, y me pongo otra vez rojo como un tomate.

Sonrisa de oreja a oreja.

—¿Has visto ya algún local? —intento desviar la atención.

—La tienda no va bien, no sé si es por el barrio o qué. De momento lo único que quiero es que me tengas en cuenta. Empezando por tu vida sentimental. Cuéntame más cosas de Rafa.

No deja de mirarme fijamente. Me bloqueo.

—Más cosas de Rafa —insiste.

Balbuceo que lo conocí hace seis meses, que trabaja en una oficina, que cada día es más importante para mí. Vuelve la sonrisa enorme de ella. Me emociono, me tengo que secar una lágrima con los nudillos. Me abraza. No me puedo contener y rompo a llorar. Me abraza con todas sus fuerzas. Estamos así un buen rato, hasta que me entra miedo de que pueda salir papá y me aparto. Silvia también está emocionada. Coge unos pañuelos de su bolso y nos secamos mientras sonreímos como dos tontos.

—¿Por qué no me lo has contado antes?

Me encojo de hombros, no me apetece confesar que antes de Rafa no sentía nada, que jamás tuve una conexión especial con nadie.

—Pues dile a tu amigo que se deje de niditos de amor subvencionados por su suegra. Que su cuñada, que por otra parte arde en deseos de conocerlo, está dispuesta a defender sus derechos con uñas y dientes.

—Tenemos que hacer algo. Mamá no ha empleado bien el dinero, estoy seguro.

Nos quedamos pensando en silencio hasta que me observa con esa mirada tierna tan habitual. Vuelvo poco a poco a ser su osito.

—Enséñame una foto.

—¿De quién?

—Lorenzo...

Le digo la verdad, que no tengo ninguna. No le voy a enseñar la selfi que nos hicimos el sábado debajo de las sábanas.

—Su foto de WhatsApp, su Instagram... ¿Cómo os conocisteis?

—Le llevé una multa de tráfico.

Suelta una carcajada.

—Dice que desde que me conoció se salta todos los semáforos.

—El tipo se ha follado al cartero. ¡Los hay con suerte!

La empujo, mira que es bruta. Se tira sobre mí, intenta inmovilizarme y como me resisto me hace cosquillas. Me pongo en pie de un salto.

—Al final mamá no iba tan desencaminada. Se lo tienes que contar —me dice.

Niego con el dedo. Estoy muy bien así.

—Mamá lo aceptará sin problema —insiste.

No digo nada, espero a que continúe.

—Con papá puede ser un poco más difícil, ya sabes cómo es. De todas formas, creo que en el fondo los dos se huelen algo.

No me apetece confesar que tiene razón, que antes de irnos a vivir juntos a ese piso maravilloso debería contar la verdad aquí en casa.

—Yo hace tiempo que sospechaba —dice Silvia—. Alguna vez incluso lo he hablado con mamá. Y seguro que entre ellos también lo han hablado.

—Pues me lo podríais haber dicho, yo no tenía ni idea.

—¿Ha sido el primero?

—Eres un poco cotilla.

—Ahora va a resultar que no me conoces… —Se ríe—. ¿Te ha propuesto ya matrimonio?

—No me gustan las bodas, lo sabes de sobra.

—Dale esa alegría a tu hermana, no seas malo… Cásate por todo lo alto. La causa homosexual se lo merece.

—Lo siento, no tienes excusa para comprarte un modelito.

—¿Cuántos puntos le quedan en el carnet? —vuelve a bromear.

—Ninguno. Y le han echado de las plataformas de venta online por comprar y devolver artículos a todas horas. Raro era el día en que no le tenía que llevar un paquete.

—Follarme al cartero siempre ha sido mi fantasía.

Le tiro un cojín.

—Se lo tienes que decir a papá y mamá —insiste.

—Díselo tú.

—No seas cobarde. Si quieres empieza por mamá y que sea ella quien prepare el terreno. No son unos retrógrados. El tema está normalizado en todas partes. Menos en tu cerebro, me temo.

—Me tengo que ir —le digo.

Es mentira, no tengo nada que hacer en toda la tarde. Rafa ha quedado con una amiga.

—Yo también me voy. Tengo una cita, que lo sepas.

—Me alegro —contesto, aunque la verdad es que temo verla el próximo domingo arrastrando una nueva decepción. Me llenan de tristeza.

—¿Me dejarás un día tu uniforme de cartero?

Le lanzo otro cojín, lo atrapa al vuelo y me lo devuelve. Soy incapaz de pararlo: se estrella contra el mueble del televisor y tira al suelo un cenicero de latón que provoca un estruendo horrible. Nos quedamos los dos quietos, como niños que hubiesen hecho una travesura, ella con una mano sobre la boca. Camino de puntillas hasta el recibidor y abro con mucho cuidado la puerta de la calle. Silvia corre a mi encuentro, me abraza otra vez con fuerza y me dice al oído:

—Me alegro un montón.

Alfredo

Yo nunca le he ocultado nada de ese calibre, pequeñas tonterías sí, eso es normal. Tendré mis cosas, pero siempre la he respetado. Hemos criado dos hijos sanos, tenemos nuestro piso y el taller. No es mi culpa si los nietos aún no han llegado. Eso es lo que le pasa, que no tiene razón de vivir, que se aburre. A saber qué locura ha hecho. Aunque solo fuese por las siestas que me amargó su madre me correspondería la mitad de la herencia. Más vale que me levante, se está haciendo de noche. Qué triste está la casa vacía, ya se han marchado todos. Si pinto el Sukoi de amarillo se verá mejor los días nublados. El mantel viejo para cubrir la mesa y luego a lijar al balcón, qué remedio. No se está mal solo. Como me enfade la mando a hacer gárgaras. Mi taller, el menú del día donde Javi, el campo de vuelo y poco más pido. Si enfermo ya me cuidarán en un hospital, o lo harán los hijos. Tiene que ser gordo lo del dinero, para ella los chicos lo son todo.

—Enciende la luz, que no ves —oigo a mi espalda.

Doy un brinco, pierdo el equilibrio y me apoyo sobre un ala. El borde de ataque cruje y, como si fuese a cámara lenta, se parte por la mitad, lo mismo que el alerón. Las costillas que los unían, en una reacción en cadena, se aplastan igual que el caparazón de un insecto al pisarlo.

—¡Joder! —chillo.

Aurora me mira con una mano en la boca desde la puerta del cuarto de Silvia.

—¡Qué susto, coño! —grito otra vez, y doy una vuelta alrededor de la mesa para intentar tranquilizarme.

Observa con aprensión el ala tronchada, traga saliva. Lanzo los restos contra el sofá, las maderitas rotas vuelan en todas direcciones. Voy a la entrada, cojo el abrigo y me marcho dando un portazo.

Vengo poco al bar de Javi los fines de semana. Los currantes han desaparecido y hay una clientela bien rara, familias sudamericanas con muchos niños. Ni siquiera está él, solo atiende el colombiano. Se ve que se juntan aquí los domingos, hasta les pone música de la suya. Algunos bailan. Si hubiese traído las llaves me metía en la oficina del taller, ahí es donde voy a terminar por vivir para no aguantar a nadie. Regreso hacia casa. La calle está llena de niños que gritan y abuelos babosos del brazo de sus hijas; hoy libran las cuidadoras, bailan todas en el bar. Aurora ha colocado el ala sobre la mesa junto a los trozos de madera que se habían desprendido, cada uno al lado de donde debe ir, de donde debo pegarlo. El estropicio no es para tanto, un poco de cianocrilato, tensar la tela y poco más. Me asomo al dormitorio. La cama aún tiene la huella de mi siesta, ya ni se molesta en estirarla; a mí me trae sin cuidado, son manías suyas. Está en la habitación de Silvia, atareada con la máquina de coser, iluminada solo por la pequeña bombilla del aparato. Enciendo la luz del techo, los dos guiñamos los ojos deslumbrados y vuelvo a apagar. Me sonríe. Me acerco a la mesilla, enchufo la lamparita de noche.

—Gracias —me dice.

Me demoro un poco en salir, conciliador, y como no sé qué decir me marcho. Suena el traqueteo de la máquina. Los cortes en la madera son limpios. Aplico pegamento en cada uno de ellos y espero unos segundos. En cosa de diez minutos el ala está reparada, a falta de alisar el recubrimiento. Voy al cuarto de baño a por el secador para darle calor, es la única manera de que se tense. Aurora apaga la máquina y sale al pasillo mientras dobla los pantalones que me arreglaba, los que llevo a la pista de vuelo: tenían rota una de las cremalleras de los bolsillos. Sé que debería darle las gracias, no soy un machista, pero sigo encabronado. El ala se tensa tan rápidamente con el calor que corro el peligro de que se revire; hay que sujetarla bien. Aurora, con ese radar que tiene, aparece y la agarra con fuerza. Ella me ayudó a entelar el avión hace años, cuando lo construí. Le doy las gracias, ahora sí.

—Es ya hora de ir a merendar —me dice.

Siempre vamos los domingos a una pastelería muy pija que hay al otro lado de la autopista, tienen unos cruasanes exquisitos. Queda un poco retirada, pero nos viene bien hacer ejercicio. No sé qué contestar, estoy muy a gusto aquí con mi Sukoi. Además, el disparate de la herencia no se puede olvidar tan fácilmente, por mucha cremallera que me ponga y mucha ala que sujete.

—Aún tengo el cordero en el estómago —contesto.

Me observa unos segundos antes de decir:

—Pues me voy yo sola, no pienso quedarme encerrada toda la tarde.

Se mira en el espejo del recibidor. No sé qué necesidad había de ese pelo rubio, no sé qué narices está pasando. Le quito las ruedas al fuselaje y cubro con cinta las varillas para que no se manchen de pintura. Ella se pone su abrigo, coge el bolso y camina hasta la puerta.

—¿Llevas el móvil? —pregunto.

—Es verdad —dice, y regresa a la habitación a por él.

A ver si va a estar empezando con una demencia.

—¿Te traigo unos cruasanes?

Me encojo de hombros sin levantar la vista y se marcha. En la casa se instala el mismo silencio de antes y vuelve a invadirme la sensación de bienestar: mis aviones, mis cosas; nadie que me moleste, nadie que pueda entrar en la cuenta del banco y gastarse nuestros ahorros. Me cago en todo.

Aurora

No quedan cruasanes, esto sí que es nuevo. Bueno, las galletitas que ponen con la infusión son suficiente, menudos ardores tengo en el estómago, debería haber comido lo de Silvia. La manzanilla siempre sienta bien. Las galletitas me las llevaré, que luego por las mañanas me entra el hambre. Qué joven es todo el mundo. Parece que fue ayer cuando me llamaron «señora» por primera vez, estaba en el mercado y me di la vuelta para ver si había alguien detrás de mí. Un panadero nuevo fue, y no lo hizo de broma, no era como el frutero, a ese le gustaba tomarme el pelo. Tuve los pretendientes que quise, esa es la verdad. Y como David Pereira ninguno, aunque él fue más que un pretendiente, él se salió con la suya. Y yo con la mía, qué narices. No duró mucho la alegría, eso sí. Se ve que yo era poca cosa para su padre, tan fino él. A ese le tenía que haber estrellado otro plato en las narices. Ay qué locura. De todas formas fueron tiempos bonitos aquellos. Pasa rápido la vida, qué gran verdad; antes de que te des cuenta ya estás llena de dolores y miserias. Qué pena. Alfredo se va a quedar con las ganas de cruasán; no ha sido culpa mía, la intención la tenía. Venga, Aurora, para casa, que hay un buen trecho y de noche da miedo caminar sola por estas calles. Qué dolor de pies. Por fin el portal; al ascensor que voy de cabeza, por la escalera no subo, eso sí que no me conviene.

Cuando entro, me mira por encima de sus gafas y busca el paquete con los cruasanes.

—Teníamos que haber ido antes —le digo.

—Podrías haber traído ensaimadas.

—Haber venido conmigo.

No sé de dónde me sale esa contestación. O bueno, sí lo sé, de esta rebeldía que me ha entrado, que a veces me asusta. A mí me ha ido siempre mejor haciéndome la tonta.

—¿Te apetece sopa y tortilla de jamón?

No contesta.

—Te he hecho una pregunta.

—Prepara lo que quieras, me da igual. Siempre que no sean unas angulas, que no andamos para muchos lujos.

No me hace gracia la indirecta.

—¿Quieres cenar ahora o vas a estar más con el avión?

—Ya termino. Barre un poco por aquí.

Voy a por la escoba y me tengo que agachar porque hay virutas y papelitos que se mueven como condenados, que parecen huir de mí. Al incorporarme noto que Alfredo sopla y me echa encima el polvo que tiene el ala tras haberla lijado. No sé qué se me pasa por la cabeza, imagino que es la rabia; sabe que ese polvo me sienta fatal, que puede levantarme el asma. Le pego con la escoba en toda la cara, las gafas salen volando y se estrellan contra el televisor. Se lleva una mano a la cara, perplejo. Tengo la tentación de liarme a escobazos con el avión, destrozarlo, y a la vez quiero ir al lado de Alfredo a ver si le ha pasado algo. Noto la electricidad que me recorre los nervios en los dos sentidos. Presiento que están a punto de explotar.

—¡Estás mal de la cabeza o qué te pasa! —me grita, aún sin salir de su asombro.

—Perdona —consigo balbucear.

Tiene sangre en la nariz, resopla como un toro picado, traga saliva y se marcha al cuarto de baño. Rompo a llorar, recojo las gafas y me dejo caer en el sofá. Mañana voy a que me devuelvan el dinero. Estábamos todos muy a gusto, no sé qué tontería me entró. Si me muero me entierran y se acabó. Un bofetón de los de mi madre curaba mis rebeldías. Alfredo regresa con un papelito pegado a la nariz, uno de esos que usa cuando se corta al afeitarse. Agarra la escoba, termina de barrer, tira las virutas a la basura y dobla el mantel. No puedo parar de llorar, aún sentada en el sofá.

—Vale ya —me dice.

Hago un esfuerzo, me sorbo los mocos, consigo contenerme. Me acerca papel de váter para que me suene. Desde el sofá, su figura es aún más grande, más imponente. Me tiende una de sus manos, gruesa, me ayuda a levantarme. Nos quedamos frente a frente, en silencio.

—Perdona —le digo.

—Vamos a cenar, que ya es hora.

Se marcha a la cocina, saca el trozo de jamón de la nevera y corta unos taquitos para tortilla. Bato los huevos. Coge una bayeta, quita el polvo de la mesa, pone el mantel limpio y los cubiertos. Cuajo las tortillas, las sirvo en los platos que me trae y se las lleva al comedor. Viene a por dos botellines. Saco el abridor y un vaso para mí. Nos miramos otra vez. Me acerco y le toco con cuidado el papelito de la nariz, tiene una gota de sangre. Me acaricia el pelo.

—Te quedaba mejor moreno —me dice. Me levanta la barbilla con un dedo y me besa en la frente. De nuevo se me inundan los ojos de lágrimas. Me los seca con un dedo áspero. Nos sentamos a la mesa. Se termina su tortilla, espera a que lo haga yo y va a por unos yogures; para mí de limón, para él natural sin azúcar, como siempre. Mañana iré a que me devuelvan el dinero.

Alfredo

Ahora se me arrima. No sé qué le pasa a esta mujer, no hay forma de estar tranquilo. Yo no estoy para estas alegrías, y menos a las once de la noche. Lo único que quiero es cerrar los ojos, que amanezca el lunes y marcharme para el taller. Cosquillas, con eso sí que no puedo. Me revuelvo, consigo sujetarla. Jadea, me mira a los ojos con esa expresión pícara que las arrugas no han conseguido enterrar. La aprieto contra mi pecho, apoya la cabeza en él, se relaja. Le acaricio el pelo, recuperamos la respiración, pone una mano sobre mi tripa. Me doy la vuelta, apago la luz y se acopla detrás de mí. Estamos un rato así, los dos despiertos, de cara a la pared, sin decir nada. Intento no pensar en lo que me ha hecho: no hablo del escobazo, es mucho peor lo de su herencia. Solo recuerdo una vez en que me haya mentido: cuando quedó a escondidas con el fantoche aquel... ¿Cómo se llamaba? ¿Antón? El que tenía un R5 turbo y unas patillas de gitano. Menudo elemento. Dos delincuentes por hijos es lo que Aurora tendría ahora. También tonteó con el frutero, aunque más bien era él quien le tiraba los trastos; ese habría sido mejor pretendiente, por lo menos tendría melocotones gratis. No recuerdo muchos más candidatos. Gente interesada la tuvo a mansalva; no podía ser de otra forma, era una preciosidad, casi una modelo, pero solo por aquellos dos noté en ella un poco de interés. Bueno, luego está lo del cantante aquel, el Pereira, el hippy, a saber qué pasó ahí, pero fue antes de conocerme, eso no cuenta. O sí, igual por eso le tengo tanto asco, mira que era hortera.

—¿Estás dormido? —pregunta a mi espalda.

—Sí.

—¿Quieres que hablemos?

—Hablar sirve de poco.

—Perdona por el escobazo.

Debería confesarle que me lo merecía, que no estuvo bien soplarle el polvo encima, que estaba ofuscado. Aparto su mano, aún sobre mi tripa. Está un rato quieta y se vuelve hacia su lado. Me pongo boca arriba, de costado no puedo conciliar el sueño, eso es lo que me pasaba. Me vienen imágenes, no sé por qué, de Mari Carmen, la novia que tuve en la mili. No fue mi primera mujer, desvirgarme me desvirgó una del pueblo. Para Aurora sí fui yo el primero. Eso me dijo, no puede ser mentira. Creo que no lo hice mal, pienso que fue una cosa bonita. Ya estábamos comprometidos, que en aquella época era importante, y no fue en el coche, como hicieron tantos otros. Reservé en un hotel y estuvimos la tarde allí. Dormir juntos no pudimos, a ella no la dejaban pasar la noche fuera, pero fue bonito. Mari Carmen era muy buena chica también, cariñosa, educada, algo más fea que Aurora, asustadiza, y un poco cochina en la cama. No sé qué habrá sido de ella, prefirió quedarse en Córdoba cuando yo me vine a Madrid. Nos vimos los fines de semana durante unos meses, nos escribimos unas cartas muy románticas, y sanseacabó. Con Aurora fue un flechazo instantáneo. Estábamos hechos el uno para el otro, lo decía todo el mundo: menuda pareja hacéis. Y cómo bailábamos. No sé qué tontería le ha entrado. Esperemos que no esté llevando una vida secreta por ahí, aunque cosas más extrañas se han visto. Bueno, no, eso sería bien raro. En lo que a mí respecta, con lo que he vivido y un poco más me doy por satisfecho. No voy a decir que haya tenido una vida de película, pero no me puedo quejar, hay mucha miseria en el mundo. Si existe Dios, si existe un más allá, cuando me toque mi turno, como fin de fiesta, habrá que ver qué se cuece por allí, no quedará otra elección. El infierno y el cielo tal como nos los pintaban los curas —qué hijo de la gran puta don Severino— está claro que no existen, pero nadie nos puede asegurar que no haya algo después de la muerte, un sitio donde vayamos a encontrarnos con todos los que se han ido. A mi madre sí me gustaría volverla a ver, y a mi padre..., casi no me acuerdo de su cara. A don Severino también, para darle dos hostias. Como decía uno de clase, si en el cielo es donde van a estar estos hijos de puta, mejor me voy al infierno. Y la Mari Carmen que se sube a una escoba y se frota la entrepierna con ella y hace una cabriola y me estrella el palo en la cara y sale disparada hasta convertirse en un bloque de hielo y de una caverna sale un oso que emite un tremendo gruñido. Me despierta el chistar de Aurora, igual que todas las noches. Me giro y me vuelvo a dormir.

Silvia

Joder, el idiota del Audi casi me tira y encima me pita. Le hago un corte de mangas y me meto en el carril bici, que es por donde debería circular, todo sea dicho. Habría sido mejor venir en metro. Tengo las manos heladas, la nariz roja, moqueante; en una palabra, debo de estar irresistible. No sé a qué vienen ahora estos miedos, seguro que le gusta verme llegar en bici; moverse así por la ciudad le pega, con el perro de aguas sujeto al manillar. A ver qué peli ha elegido. En realidad, sé poco de él: se llama Alberto, ha roto hace unos meses con su pareja de toda la vida, es dibujante freelance, lleva años con un cómic que no consigue terminar. Ese detalle me atrajo, deberían añadir cosas así en los consejitos de Tinder: muéstrate a veces vulnerable, todos estamos llenos de pequeñas decepciones y fracasos, es más fácil sentir empatía por quien reconoce los suyos. Freno en la puerta del cine. Me dan dos golpecitos en el hombro.

—Hola, jovencita —me saluda con una sonrisa de nieve.

Es más atractivo que en las fotos, con el pelo revuelto, los ojos grandes, barba de pocos días, labios carnosos. Si es cierto lo que pone en su perfil, tiene cuatro años menos que yo, es decir, treinta y tres. Aparco la bici, me aliso el pelo y le pregunto si ha visto ya la cartelera. Estoy cómoda desde el primer momento, segura de mí misma. Me dice que ha sacado entradas para una de un director sirio.

—Es una peli un poco rara, a ver si te gusta —me advierte.

Consigo disimular la cara de susto, lo cual tiene mérito; he visto poco cine de ese que entusiasma a la crítica, y el que he visto me ha aburrido lo indecible. Habría preferido una de superheroínas.

—¿No serás de los que comen palomitas? —le pregunto.

Es una trampa. Lo que me hace más ilusión de venir al cine es comerme un cubo entero yo sola. Se le iluminan los ojos.

—Odio a la gente que come palomitas.

Nadie dijo que esto fuese a ser fácil. Hay que recomponer la flota, la victoria es para los perseverantes. Entramos en la sala, que está casi vacía, y nos sentamos en la tercera fila. Se me va a partir el cuello.

—La peli tiene unos fragmentos de animación y quiero ver bien los detalles —me informa.

—Hace más de un año que no follo —le suelto.

No sé de qué recóndita parte de mi podrido cerebro sale esa confesión. Me observa con media sonrisa y mira de reojo a los lados. Por suerte, nadie me ha oído. Me entra un calor espantoso, comienza a picarme la ropa interior de fantasía con la que me he preparado. Intento rascarme con disimulo, pero los vaqueros apretados no me lo permiten; se da cuenta y no da crédito, debe de pensar que me estoy masturbando o algo así.

—¿Prefieres que nos vayamos a casa? Vivo aquí cerca —me propone en un susurro.

Le agarro de la mano y tiro hacia la salida. En el puesto de palomitas compro el cubo más grande y lo arrastro hasta la calle. Efectivamente, vive a cuatro manzanas, el muy capullo se ha buscado un plan de lo más cómodo. Me da igual, solo quiero echarle las palomitas por encima e irlas comiendo hasta que aflore su cuerpo; lo que sea antes que ver la peli de Brahim Mohamed Mustakis. La casa, como me temía, es puro desorden. Viviendo al lado del cine podría haber imaginado que íbamos a acabar aquí y ni se ha molestado en limpiar. Es un dibujante sin vocación, le gusta un cine que aburre a las moscas, odia las palomitas, no parece pensar mucho en los demás, pero seguro que folla como dios. Su perro es muy simpático, algo más en su haber. Vamos hasta el sofá y le como la boca. No quiero anotar una nueva entrada en mi lista de fracasos. Solo hay que acostumbrarse a él, todos tenemos nuestras cosas; se está peor solo, hay que darle una oportunidad, este al menos sirve de juguete sexual. El perro me huele el culo. Lo intentó apartar con el pie e insiste. Le doy una patada y me muerde el tobillo. Grito.

—¿Qué haces? —me recrimina Alberto, y se lleva el perro a otro cuarto.

Me bajo el calcetín y descubro un buen raspón.

—Te lo has hecho tú al tirar, él solo quiere jugar, es un cachorro —me regaña de nuevo.

No me queda otra que huir hacia delante, acelerar. Le bajo los pantalones hasta las rodillas y le acaricio la parte interna de los muslos. Algo se despierta dentro de sus calzoncillos de flores amarillas. Lo llevo al dormitorio y lo cubro de palomitas. Me las como poco a poco. Se incorpora, me desnuda sin contemplaciones, me empotra de mil maneras. No sé cómo será su cómic, pero el *Kamasutra* se lo conoce al dedillo. En cuanto terminamos se va a la ducha y me deja con ganas de mimos. Me siento en el borde de la cama. El preservativo en la papelera. Mis bragas arrugadas en una esquina. Follar, folla bien. ¿No se trataba de eso? Se ve que no. Comienzo a vestirme a toda prisa, tengo que salir de aquí, necesito espantar esta sensación que trepa desde mi estómago, esta soledad de domingo de invierno, esta culpa genética.

—¿Te marchas ya? —me pregunta extrañado, con una toalla sujeta a la cintura, cuando estoy en el salón.

Le digo que no me encuentro bien, que nos vemos otro día más tranquilos. Me mira fijamente, se acerca, me besa.

—Lo siento —digo mientras lo aparto con suavidad.

Camino hasta la puerta, no me sigue; abro y me marcho. Sé de sobra que acostarme en la primera cita me llena de tristeza, y aun así caigo una y otra vez. Me monto en la bici y empiezo a llorar; no solo por mí, me entra de pronto una pena enorme por mamá y sus estúpidas esperanzas de que algún día le dé un nieto. Las lágrimas me impiden ver bien el carril y estoy a punto de salirme en una curva. Disminuyo la velocidad, consigo calmarme. A lo mejor se ha gastado el dinero en apadrinar a algún niño damnificado, las ONG hacen campañas muy agresivas, la pueden haber liado. La imagen de mamá abrazada a una niña que llora rodeada de escombros hace que me emocione de nuevo. Freno para secarme los ojos, la rueda patina y a punto estoy de caerme. Respiro. Respiro. Respiro hasta que me tranquilizo. Momento presente, pedales, manillar, carril. Muy bien, Silvia. Más pedales, cuesta arriba, luz roja en el nivel de batería. No me jodas. Se apaga el motor. Pie a tierra, a empujar y a llorar otra vez.

Aurora

Ni siquiera he oído el despertador; los muelles del colchón, al levantarse Alfredo, son los que me han hecho abrir los ojos. Corro a la cocina antes de que se meta en la ducha, que luego no puedo llenar el cazo para mi infusión. Preparo el café y las tostadas, llevo todo a la mesa y me siento a esperarlo. He dormido como un tronco y sin embargo no puedo con mi alma. No es el cansancio físico de estos días, se trata de una pena que me sale de lo más hondo del pecho. Al final van a lograr entre todos que me entre la famosa depresión. Alfredo y yo hemos sido felices; dejó pronto de ser un hombre divertido, pero es una buena persona. La que tengo que cambiar soy yo, no se puede ser una niña a los setenta. Es mucho más lógico emplear el dinero en ayudar a Lorenzo con el piso y a la otra con la tienda, que lo dividan entre ellos, eso es lo sensato, es ley de vida. Mira qué repeinado viene, qué buen caminar tiene aún.

—No te eches tanto azúcar, que no es bueno —le digo.

Aparta con el cuchillo un poco del que ha puesto sobre la tostada, que ya ha cogido el color verde del aceite, y me pregunta:

—¿Has dormido bien?

—De un tirón.

No habla más, se termina el café, va al retrete, se pone luego el abrigo y se marcha sin darme el habitual beso en la frente. Me acerco a la ventana, hoy sí, y lo veo cruzar el jardincito: sus pasos enérgicos, su calva de monje. Trago saliva. Mi familia es esta, ahora es cuando tengo que disfrutar de la vida, lo poco o mucho que me quede. Ellos son los que me han hecho feliz. Lloro. Me siento en una silla. Lloro. Me levanto, recojo la mesa, barro unas migas de pan y unas virutas de madera que aún se resisten, y lloro. Veo el ala del avión y lloro. Veo la foto de nuestra boda y empiezo a toser, me entra el hipo. Ochenta y dos invitados, sin contarnos a nosotros y al cura. Los del salón me dijeron que hacía tiempo que no veían a unos novios bailar así de bien. París, cinco días, qué bonita la torre Eiffel. Después hemos salido una vez a Roma, con mi madre, que quería ver el Vaticano, qué feo; otra a Portugal, desde Galicia, para comprar unos manteles que los hay iguales aquí; y la vez que estuvimos en Alemania para que le diesen a Alfredo el curso en la Volkswagen. Dijo que mereció la pena, aunque yo nunca lo he creído; era todo en inglés, lo que aprendió se lo tradujo uno de Salamanca que se lo podía haber contado en España perfectamente. La chica de enfrente está tendiendo ropa, se ve que no tienen ya nada que ponerse. Se da poca maña, se le han caído ya tres pinzas. Me dice hola con la mano. Qué simpática. Le devuelvo el saludo y saco unos callos del congelador, de los de verdad, de los que le gustan a Alfredo. Solo tengo que comprar el pan, que no se me olvide, no sé a qué hora voy a volver de allí.

Ya marca treinta euros, el taxi; la verdad es que están en un sitio bien raro. La primera vez no me hizo mucha gracia, pero en cuanto entré en el edificio la cosa cambió, qué instalaciones tan impresionantes, más aún que en las fotos. Enseguida me recibe Sergei, el ruso, o lo que sea este hombre. Es todo sonrisas, veremos qué pasa cuando le diga que quiero cancelar el contrato y que me devuelvan el dinero. Qué maravilla de despacho, parece más grande que la otra vez, será el sol que entra por el ventanal y estos muebles de piel blanca.

—Vamos a revisar su contrato —me dice Sergei, y teclea en su ordenador.

Se muestra comprensivo, aunque, como es lógico, la noticia no le ha hecho gracia.

—¿Le importa si le pregunto si su familia ha tenido algo que ver en su cambio de parecer?

Me mira fijamente con esos ojos de espía, de agente 007. Le digo que ha sido decisión mía, y vuelve a sonreírme. Qué educado es, y qué porte tiene, todo distinción, ya podríamos aprender aquí.

—Aurora, su contrato está aún en fecha de garantía. No habría ningún problema en rescindirlo. La comisión en ese caso, como le comenté en su día, sería del cinco por ciento, pero como es lunes, y como me he levantado de buen humor, y como hace este sol tan bonito, se la voy a dejar en un uno y medio por ciento. ¿Qué le parece?

—¿Cuánto es eso? —pregunto.

—Mil euros. Lo único que le pido a cambio es que visite otra vez las instalaciones con nuestra nueva comercial. Luego firmamos los papeles y en un par de días tiene el dinero en su cuenta. ¿Qué le parece?

Le digo que estoy de acuerdo. Pagar mil euros a cambio de las molestias que les voy a causar es lo mínimo. Y recupero sesenta y nueve mil, que no es tontería. Una es romántica hasta un punto. Hay que tener los pies en la tierra. Nunca mejor dicho. La nueva comercial es un encanto, igual que todos. Me muestra todo el proceso, como hizo el ruso: los depósitos de acero a tropecientos grados bajo cero, el vapor que sale por las válvulas, los numeritos en los paneles, el suelo brillante en el que resuenan los tacones de la chica. Me mareo, no quiero saber más, ya he tomado una decisión, me van a volver loca. Regresamos al despacho del ruso y me ofrecen un vaso de agua. Debo de tener mala cara. Las tuberías, la mesa blanca, el sol que me da en los ojos... Todo comienza a darme vueltas. Respiro por la nariz, toso. La alfombra se pone del revés y todo se vuelve negro.

Me despierto tumbada en el sofá de piel. Una chica vestida con una bata blanca me toma la tensión. La tengo un poco baja, como siempre, lo demás es normal. Le digo que estoy bien, que no se preocupe, y me levanto. La chica se marcha, me quedo a solas con el ruso.

—Aurora, quiero darle una segunda oportunidad —me dice—. La oferta a la que se acogió ya no está vigente. Si firmamos la anulación de su contrato y mañana quiere usted volver a contratar, le va a costar veinticinco mil euros más, no es ninguna tontería.

Nunca me han gustado los hombres con los ojos azules, me dan miedo.

—¿Lo dejamos estar unos días? —me propone—. Aún le quedan diez días del periodo de prueba.

No sé qué hacer. No me apetece seguir ni un minuto más con estos nervios. Le contesto que quiero firmar la anulación. Soy una traidora, lo siento.

—Está bien —dice Sergei, teclea en su ordenador y se acerca a una impresora que está a su espalda.

Mientras espera, observa pensativo el ventanal y juega con un bolígrafo dorado.

—Le voy a hacer una confidencia. Es un tema muy personal que nunca uso por temor a que se confunda con una estrategia comercial —dice de pronto.

Escucho con atención. En el fondo estoy deseando creerlo, para qué engañarse.

—Mi madre falleció hace pocos años. Ojalá yo hubiese podido ofrecerle esta técnica entonces, ojalá ella se hubiese podido acoger al plan que le he propuesto a usted, Aurora.

Traga saliva emocionado y coge los folios de la impresora. Le falta poco para llorar. O es muy buen actor, o es verdad lo que dice. Grapa los papeles, me señala una línea en rojo donde explica que la comisión es del uno y medio por ciento y me indica dónde tengo que firmar. Aparto el papel. Estoy en mi derecho de hacer, por una vez en mi vida, lo que me venga en gana. Ya está bien.

Lorenzo

Cojo un paquete de alcachofas y las borro de la aplicación; zanahorias, al carro y borradas; cebollas ya tengo. Vamos a por la panceta. Podría poner un restaurante antivegetariano; la menestra con panceta tiene pinta de ir a superar el repollo con chistorra. Una bolsa de mandarinas, plátanos tengo aún. Me voy a dar el capricho de unas almejas a la marinera. ¿Con guisantes? Perfecto. Cola en la caja. La aplicación del banco de mamá sigue sin dejarme entrar. A ver si es que ha llamado para que me bloqueen... Mientras espero para pagar le envío un mensaje y me contesta con uno de sus habituales audios: «Lorenzo, mi niño, no te lo tomes a mal, les he dicho que anulen lo de internet. Prefiero ir yo a la oficina cuando haya que hacer algo, clásica que es una. Así tienes una cosa menos de qué preocuparte».

Lo oigo a la vez que meto las cosas en las bolsas y me hago un lío: las galletas acaban junto a los yogures, las hortalizas con las conservas, el jabón con la fruta. Me pongo tan nervioso que tengo que sentarme en un banco a la salida y colocar cada cosa en su bolsa.

Llego a casa, coloco la compra en su sitio, lavo las bolsas con lejía, corto la panceta en trocitos, la frío aparte para que esté crujiente, pongo las hortalizas a cocer y busco más recetas en internet, algo con lo que contaminar el brócoli, por ejemplo. El teléfono: la agente inmobiliaria. Quiere saber fecha aproximada para firmar el contrato de arras, el periodo de validez de la señal se va a agotar pronto. Me invento que estoy a la espera de una nueva oferta de un banco, cuelgo. No me queda otra que sacar toda la artillería; si se enfada Silvia, lo siento. He llegado yo primero. Su tienda no tiene ningún futuro, con alquiler o sin él. La realidad es cruel.

Escribo un wasap:

Mamá, tengo una cosa que contarte

La cacerola al fuego se ha quedado sin agua y las hortalizas, pegadas al fondo, empiezan a echar humo. Las meto debajo del grifo; huelen a quemado. Vuelvo al teléfono para borrar el mensaje, pero es demasiado tarde: mamá me ha contestado:

Dime, cielo

Pelo otro calabacín y otra zanahoria, y froto la olla quemada; por paciencia no será. Suena ahora el teléfono. Es ella. No respondo. Nuevo mensaje:

Sé que estás ahí, contesta
o me presento en tu casa

Hay muchos que dejan a sus parejas por WhatsApp. Estoy en mi derecho de jugar esta última baza.

Mamá, soy gay,
perdona que te lo diga así

Doble tic azul, y varios minutos de silencio. Vuelvo a poner las hortalizas al fuego.

Hablas en serio?

Sí

Nuevo silencio.

Perdona que te lo haya dicho
de esta manera

Es un poco raro, sí,
pero bueno

Estás en casa?
Me paso por allí y te lo explico bien?

Hay poco que explicar

Voy

Estoy con Elsa

Le has contado lo que te he dicho?

Sí

Joder, mamá

Creí que era de broma.
Ella es la primera que se ha dado
cuenta de que no

Programo la placa para que se apague en quince minutos.

Ahora vamos las dos a verte
y a darte un beso

No hace falta

Necesito darte un beso, hijo

Que no

En media hora llegamos,
lo que tardemos en coser aquí una cosa

Me pongo tan nervioso que empiezo a dar vueltas por la cocina, abro las ventanas, guardo lo que he cocinado en un táper, friego la sartén. En cuanto pita la placa hago lo mismo con las hortalizas y la cacerola. Voy al salón, recoloco los cojines sobre el sofá; en el dormitorio aliso la colcha de la cama, que ya estaba perfecta. Cómo se ríe Rafa de mí... A papá le da algo como un día lo lleve a comer, digan lo que digan. Y a Rafa también. Bueno, a lo hecho pecho, que diría mamá. Tengo que centrarme, fijar bien el objetivo. Me siento en el sofá, con la tele apagada, y mientras espero escribo a Rafa.

He salido del armario

???

Con mi madre

Me llama inmediatamente y le cuento todo. Sus padres lo desheredaron a favor de un hermano, son del Opus.

—Eres mi héroe —me dice.

Colgamos, está en el trabajo. Limpio la vitrocerámica aunque solo tiene un par de salpicaduras, relleno el salero, quito una huella de la puerta del microondas. El telefonillo. Me peino un poco frente al espejo. Me voy a quedar calvo mucho antes que papá. En cambio, estas cejas recias, también suyas, me encantan, y esta barba que pincha... Que se lo digan a Rafa, que siempre se va escocido. El timbre. El contraste de siempre entre ellas: Elsa con una blusa vaporosa de seda y mamá con su rebeca y su falda plisada. Las dos, eso sí, con una sonrisa de oreja a oreja. Me pongo rojo, intento sonreír también. Mamá se emociona, me abraza. No sé si alguna vez lo habíamos hecho, siendo yo mayor creo que no. Apoyo la barbilla sobre su cabeza, le saco un palmo. Miro a Elsa, que parece también emocionada. Mamá huele a un perfume nuevo, caro. Me separo. Elsa se acerca, me planta dos besos, me llena de carmín y me frota las mejillas con la mano a la vez que se ríe. Me conoce desde que éramos pequeños, siempre ha estado junto a mamá, apoyando ese lado rebelde que parecía apagado. Incluso es posible que esté detrás de este lío.

—¿Te gusta mi blusa? —me pregunta Elsa.

Le digo que sí, que me ha llamado la atención desde el primer momento.

—La ha hecho ella —me informa mamá.

—Mentira. Tu madre ha arreglado mis estropicios, que es muy distinto.

Me siento calentito a su lado, protegido, a gusto. Las invito a un té y responden que tienen prisa, que llegan tarde a comprar unos botones.

—Solo queríamos darte un beso —dice mamá.

Elsa se acerca y me planta otros dos besos.

—A tu padre aún no le contamos nada —me propone mamá ya desde el descansillo, antes de meterse en el ascensor.

Observo cómo Elsa la sigue, siempre con su sonrisa dulce, hasta que las luces de la cabina se pierden en el piso de abajo. Jaque a la reina. Si muevo bien mis peones, en cuatro jugadas remato la partida.

Aurora

Ya sabía yo que esto no iba a terminar bien, la maldita paella; lleva media hora de retraso. Lorenzo y sus ideas... Si a mí no me importa cocinar, si al final la paella es lo que menos trabajo da. Eso por no hablar de que aquí hay gato encerrado, lo tengo más claro que el agua. A ver lo que tardan en hacerme otra envolvente. Alfredo tiene un humor de perros; no ha querido otro botellín, aunque es verdad que era ya el tercero. Lorenzo está inquieto, seguro que otra vez es el cerebro de este lío, y no es que yo sea paranoica, es que lo he parido. A quien se ve tristona es a Silvia.

—¿Por qué no haces una tortilla de patatas en un momento? —me pide Alfredo.

Ni le contesto. Sabe de sobra que entre que pelo las patatas y las frío pasa por lo menos media hora.

—Me han dicho que está de camino —insiste Lorenzo.

Es verdad que ha llamado ya dos veces. Lo está pasando fatal, se siente responsable.

—Va a llegar más pasada que la de tu madre —me dice Alfredo.

No sé a qué viene ese pullazo. Es verdad que la especialidad de mamá no era precisamente la paella, pero la mujer hacía lo que podía, y le servía a él siempre las gambas más gordas. Silvia resopla, para no contestarle, y se levanta a por otro botellín. A las horas que se nos han hecho, en un día con este sol, hace calor en el salón.

—Podríamos poner un toldo con motor, como el de tu piso —le digo a Lorenzo, e inmediatamente me doy cuenta de que he metido la pata, he faltado a mi promesa de no contar que he ido a ver la casa.

Me da igual, ya le repetí que no puedo ayudarlo, pero algo trama, está claro, algún plan alternativo tiene. Por eso se ha quedado lívido.

—¿Qué toldo? —quiere saber Silvia desde la puerta de la cocina, con el botellín en la mano.

El tictac del reloj de encima de la tele suena como si fuesen las cinco de la mañana. El zumbido del motor del ascensor parece la melodía de una película de miedo. En la tele, sin volumen, una chica señala soles en el mapa del tiempo.

—Estuve el otro día viendo el piso que quiere comprar. Es muy bonito —confieso.

—Qué calladito os lo teníais… —dice Silvia.

Alfredo me observa también con curiosidad. Habría sido mejor contarle algo al menos a él, pero no aprendo.

—Yo tengo dudas entre cambiarme de local o renegociar con el dueño del que tengo y meterme en una reforma. A lo mejor podemos estudiar el tema —dice Silvia, que se sienta junto al padre y apaga el televisor.

Me quedo callada, aunque bien podría contestar que no es buena idea hablar de estas cosas con el mal genio que se te pone cuando estás muerto de hambre.

—Tengo que tomar una decisión en menos de una semana o pierdo la señal que he pagado —intenta aclarar Lorenzo.

—Yo te pago la señal, hermanito, no te preocupes. La descontamos de mi local.

Alfredo se revuelve en el sofá. Me acerco a la mesa y recoloco los platos, que llevan aquí casi una hora esperando.

—Mira, Silvia, ya que ha salido el tema sin querer, lo mejor va a ser que lo hablemos sin caretas —propone Lorenzo.

—Yo nunca he tenido una careta puesta —contesta la otra.

Tamborileo con las uñas sobre el plato. Alfredo se recuesta en el sofá y mira al techo. Parece relajado, pero es todo lo contrario.

—Primero explico yo mis argumentos y luego hablas tú —sugiere Lorenzo a su hermana.

Silvia no contesta y él continúa:

—Un piso es algo para toda la vida. Es el lugar donde yo, en un futuro, intentaré construir una familia. Y además es una buena inversión, nada se revaloriza ahora tanto como el ladrillo.

Está claro que delante del padre no se atreve a contar todo lo que me contó a mí: que su amigo, su pareja, su novio… o como se diga, es un muerto de hambre desheredado por sus padres, que como no los ayudemos nosotros van a tener que vivir siempre de alquiler, que su piso de ahora es demasiado pequeño, que necesita más espacio, que el tema puede acabar afectando a su relación.

—Mi negocio —interviene Silvia, como si esto fuese un debate de políticos— sería perfectamente viable si yo no tuviese que pagar alquiler. Con esa cantidad y otro poco que den las ventas puedo vivir tranquila y feliz. No necesito toldos motorizados. Perdóname, hermanito, no he visto tu nidito de amor, pero me lo puedo imaginar: diseño y buen gusto por todos lados, electrodomésticos conectados a internet. ¿Domótica, se llama eso?

Lorenzo se sirve un vaso de agua y se lo bebe de un trago.

—¿Qué es eso de «nidito de amor»? —pregunta Alfredo a la vez que se sienta recto.

No nos atrevemos a contestarle, lo cual no hace sino mosquearlo más. Lorenzo, junto a la ventana, empieza a sudar. Está claro que Silvia sabe algo del novio; se lo tenían muy callado los dos.

—¿Te vas a vivir con alguien? —insiste el padre.

Doy un golpe con el plato encima de la mesa y logro que se queden callados.

—Me parece que otra vez os estáis olvidando de mí. Que fuese a ver tu piso, hijo mío, no significa que haya cambiado de opinión. Yo tengo mis propios planes.

—Vale, pues exponlos, como estamos haciendo todos —replica él.

Otra vez el tictac del reloj. Me recuerda a una bomba. Como hable yo sí que va a saltar todo por los aires.

—Si nos cuentas qué has hecho con el dinero, a lo mejor te podemos asesorar —insiste—. No quiero pasarme de listillo, pero casi seguro que encontramos maneras de obtener más rentabilidad de la que vayas a sacarle tú.

¿Y si los deshered a los dos? Se lo tendrían bien merecido. Alfredo se levanta y comienza a pasearse por la habitación. Empiezo a perder la seguridad que tenía. Me entran los nervios y vuelvo a agarrar el plato. Por suerte suena el telefonillo de la calle y puedo correr a abrir.

La paella viene en una caja de cartón, como las pizzas. Huele bien. El hombre que la ha traído no tanto: tiene la camisa sudada y el pelo grasiento. Aun así no se merece la retahíla de reproches que le lanza Lorenzo. Nos sentamos a la mesa y es él quien pone la paellera en el centro tras sacarla de la caja. La verdad es que tiene una pinta de foto. Alfredo mete su tenedor por un lateral, la prueba y pone cara de disgusto. La pruebo yo. Se puede comer perfectamente, bastante milagroso es que haya llegado intacta hasta aquí, poco ha sudado el hombre. Lorenzo sirve primero al padre, como es tradición en esta familia. Me da un poco de pena que su idea de pedir comida no haya salido como él esperaba; siempre ha querido quedar bien delante del padre y casi nunca lo consigue. La lástima me dura poco; tiene un gesto bien feo: sirve a todos, incluido él mismo, y olvida a su hermana. A ella se le humedecen los ojos, está a punto de levantarse y marcharse. Alfredo deja su tenedor con un golpe sobre la mesa, se pone en pie, sirve a la hija y con voz sosegada, pero llena de rabia, dice:

—No quiero en mi puta vida volver a veros, a ninguno de los dos, dirigiros a vuestra madre con esta falta de respeto. En la puta vida. ¿Os queda claro?

Ya no suena ni el tictac del reloj. En la calle algún vecino ha debido de dejar el coche en doble fila, como todos los domingos, y oímos el sonido, cada vez más insistente, de una bocina. Alfredo no se inmuta, prosigue:

—Si queréis compraros un piso o un local os buscáis la vida, como hice yo. El tema este se ha acabado para siempre. Si vuestra madre no quiere contar qué hace con su dinero no es asunto vuestro.

Ahora la que se emociona soy yo. Me refugio en el arroz. Además de pasado se les ha ido la mano con la sal.

—Está mil veces mejor la tuya —me dice Alfredo, para terminar el desaguisado.

Estallo a llorar. Intento contenerme apretándome la boca contra la servilleta y al final tengo que huir al cuarto de baño. Soy una traidora de libro. Una egoísta, una mala persona.

Alfredo

No sé cómo me he dejado engañar. Media hora más aquí y salgo con los pies por delante. Esto se me está yendo de las manos; cualquiera diría que soy yo el que tiene que hacer méritos, el que se ha gastado el dinero a escondidas en quién sabe qué, el que tiene que dar explicaciones a los demás. Una cosa es que la defienda ante los chicos, que no sé qué se han creído, y otra que el asunto de la herencia no tenga delito. Sofás y más sofás; sillas, sillas y más sillas; mesas, mesas y más mesas; y todo con estos nombres tan extraños, impronunciables. No hay más que abrir el motor de un Volvo para darse cuenta de que algo raro le pasa a esta gente. A ella se la ve feliz, cómo corretea. En teoría vengo para cargar las cajas del armario, que son grandes, pero hemos terminado haciendo la gira completa, como siempre. Ya llevamos en el carrito tres sartenes y cuatro cojines, una ganga, hay que aprovechar. La mujer hace lo que puede por ir rápido, eso tengo que reconocérselo. En el fondo, me gusta verla contenta; una cosa es que yo gruña y otra que no esté dispuesto a aceptar un poco de martirio con tal de verla feliz. No hace falta explicar esas cosas, creo yo, se entienden por sí solas. Aquí está el maldito armario. Me va a quitar espacio para los aviones en el trastero, pero es verdad que necesitamos un sitio donde guardar cosas, yo tampoco soy muy de tirar nada. Cosillas de viejos que vamos teniendo. Blanco es más bonito. A buscar las cajas, que luego hay que armarlo. Así pongo yo también estos precios, entregando el trabajo a medio hacer. Voy a copiar la idea en el taller: aquí tienes la junta de culata, la Culatöng, suelta tú la correa de distribución, quita el árbol de levas, rómpete el lomo durante cinco horas y luego, encima, págame cien euros. Y ahora se pone a probar un colchón. Si ya vimos que esos de látex no van con nosotros... Se tumba repanchingada, como si estuviese en su casa; qué vergüenza, mejor hago que no la conozco. Esta lámpara es regulable, me vendría bien para reparar los aviones, de noche no veo. Sigue tumbada, pasa algo raro, la dependienta se acerca, llama a un compañero. La tocan en el hombro y no se inmuta. Me acerco con el presentimiento, y el temor, de que sea una broma. Hace años que no las gasta tan gordas, por suerte, pero en estos días ha rejuvenecido. Está pálida como un muerto. Aparto a la dependienta.

—Aurora —digo, y se me hace un nudo en la garganta. Le doy tortitas en la cara. No reacciona.

—Llama a seguridad —dice la chica a su compañero.

—¿Es su mujer? —me pregunta él.

Le respondo que sí y vuelvo a darle tortitas. El chico corre hasta el teléfono. Se empieza a formar un corrillo. No sé qué hacer, le doy más tortitas. Llega una clienta, dice que es médica, le toma el pulso y mira sus pupilas. Me fijo en que respira. Claramente respira.

—Parece una bajada de tensión. Levántele las piernas —me pide la doctora.

Obedezco. La falda se escurre y deja ver el principio de unas bragas de encaje que no creo haber visto antes. Aurora parece reaccionar, tose. La médica la coloca de lado. Más toses. Abre los ojos.

—¿Tiene algún dolor? —le pregunta la doctora.

Aurora mira alrededor, no sabe qué ha pasado. Se incorpora un poco.

—Dígame su nombre.

—Aurora —contesto como un idiota.

—Los apellidos, dígame usted los apellidos —le pide la doctora.

Aurora se los dice a la vez que se sienta en el borde del colchón. Llegan otros empleados y disuelven el corrillo que se había formado. Una empleada le tiende un vaso de agua. Ella bebe un buen trago y enseguida recupera el color. No hay forma de tener un día tranquilo con esta mujer. Me acerco y le digo que mejor nos vamos para casa, que dejemos el armario para otro día. Asiente. La ayudo a levantarse, pero en cuanto se pone en pie se le doblan las piernas y tiene que volver a sentarse. La doctora le pregunta si tiene alguna enfermedad y Aurora no contesta.

Por el fondo de la sala vemos aparecer a los del SAMUR. *Walkie-talkies*, botas, chalecos reflectantes, maletines. La auscultan, le toman la tensión, nos apartan a todos. Aparece una silla de ruedas. Me acerco e insisto en que ya está bien, es dada a marearse. No me hacen caso, la sientan en la silla.

—En la ambulancia puede venir solo una persona —me informan, y echan a andar.

Los sigo. La gente se vuelve a nuestro paso, un imbécil nos hace una foto. No tardamos en llegar a la ambulancia. La tumban y le ponen una mascarilla con oxígeno. Me siento a su lado, el enfermero me abrocha el cinturón de seguridad. Una doctora con botas militares y un traje fosforito atiende en un monitor el pulso de Aurora. La sirena ulula encima de nosotros. Damos bandazos.

—Rirri —me dice Aurora, como cuando éramos novios.

Le acaricio un tobillo y me hace un gesto con el pulgar hacia arriba, un signo que también hacía años que no usábamos. Es todo una exageración, estos del SAMUR arrasan allí adonde van; la cosa está controlada, teníamos que habernos ido para casa. Nos detenemos, las puertas se abren y bajan la camilla, sin miramientos, con decisión. Los sigo por inercia, llegamos frente a una puerta batiente y uno de los enfermeros me pide que aguarde ahí.

Me quedo solo, como un pasmarote, hasta que descubro que un poco más atrás hay una sala de espera. Una familia de gitanos ocupa casi todos los asientos. Me apoyo en la pared cerca de la ventana. Las mujeres, vestidas de negro, gimen. Los hombres se pasean de un lado a otro. Alguno maldice entre dientes. El más mayor hace un gesto a un adolescente para que se levante, para que me deje sitio. Murmuro un gracias y me siento. No sé qué coño ha pasado, es como si me hubiesen pegado un bofetón. Saco el teléfono y llamo primero a Silvia.

Silvia

La sala de espera está llena. No veo a papá.

—Silvia —oigo a mi espalda cuando ya me marchaba.

Me vuelvo y lo encuentro sentado entre una familia gitana, parece uno de ellos, siempre tan moreno de ir al campo de vuelo. No sabe nada, no ha salido nadie a informarle. Se nota que Lorenzo aún no ha llegado, si no ya estaría todo resuelto, amañado. Me acerco al puesto de enfermería. «La están evaluando, espere en la sala, por favor». Qué cosa da esta familia, qué drama llevan dentro, parecen la casa de Bernarda Alba.

—¿Estás seguro de que solo es una bajada de tensión? —pregunto a papá.

—Me lo dijo una médica que estaba allí. Debe de morir gente en ese sitio como chinches, lo que pasa es que no nos enteramos. Es más peligroso pasear por esa tienda que por mitad de la M-30 —bromea.

No me fío. Nunca da importancia a las enfermedades de mamá. Llamo a Lorenzo; me guste o no reconocerlo, lo necesito. Está a cinco minutos, me dice. Uno de los gitanos no me quita ojo y está buenísimo. A lo mejor me busco un novio canalla. Alberto no contesta a mis mensajes, me temo que no ha perdonado mi espantada, o igual es más sencillo: ha añadido otro trofeo a su colección y se acabó. El gitano se levanta para hablar por teléfono mientras mira por la ventana. Sabe que lo vigilo. Dice algo de un billete de avión a Almería. Aquí está Lorenzo. No sé cómo, pero antes de llegar a la sala de espera ya ha conseguido informarse: mamá se tiene que quedar en observación, aunque se encuentra estable; el médico bajará en unos minutos. Mira que si se muere antes mamá que papá... Eso no estaba en el guion, siempre me imaginé cuidando a una ancianita.

—¿Familiares de Aurora Rodríguez? —pregunta desde la puerta un médico con su correspondiente bata blanca.

Es feo como él solo, tiene pelos hasta en el caballete de la nariz. ¿No hay nadie que le diga que eso es horroroso, que le dé unas pinzas? Nos atiende en el pasillo. Eso es que no es grave, si no nos llevaría a su despacho. Joder que no es grave. Se queda perplejo de que no supiésemos el historial de mamá. Tiene diagnosticada una insuficiencia cardiaca severa, una miocardiopatía dilatada. De repente entiendo lo que ha pasado: mamá ha pagado algún tratamiento alternativo, en eso se ha gastado la herencia.

—¿Podemos hablar en otro sitio? —le pide Lorenzo.

Accede. Atravesamos un pasillo largo. Huele a una mezcla de caca y producto de limpieza. Papá no da sus habituales zancadas, arrastra los pies; Lorenzo lleva unos mocasines nuevos; el médico usa zuecos blancos con agujeritos; yo avanzo sin quitar ojo a este suelo verdoso, no me atrevo a levantar la vista, intuyo a los lados puertas abiertas a la miseria. Entramos en su despacho mientras responde a unos mensajes en el teléfono. Lorenzo se estruja las manos. Papá tiene el pelo de la nuca, su melenilla blanca, pegada a la piel por el sudor.

—¿No quieres quitarte el abrigo? —le pregunto.

Tarda en reaccionar, en entender qué le digo. Se pone en pie, lo ayudo y, en cuanto se ve libre del grueso plumas, se activa como una oveja recién esquilada; agita los brazos, dice que quiere entrar a ver a mamá. El médico nos informa de que aún no tiene habitación. Lorenzo quiere saber más cosas de la enfermedad. Nos enteramos de que a mamá le diagnosticaron recientemente la patología en otro hospital. Aquí solo saben lo que figura en el historial.

—Los recursos de que disponemos ante un cuadro así son muy limitados, eso sí quiero que lo sepan. En personas más jóvenes la solución es el trasplante; a la edad de Aurora, lo único que podemos hacer es medicar, con un pronóstico incierto en este caso.

—Aurora no toma ninguna pastilla —objeta papá, asombrado.

El médico consulta en el ordenador y dice que tiene prescritos tres medicamentos. Cuadra con mamá, no le ha dado la gana tomarlos.

—Tienen que vigilarla. El corazón es un órgano con el que no se puede jugar. En cualquier caso, su situación actual es buena.

Y hasta aquí ha llegado nuestro tiempo: nos dice que lo perdonemos, que acaba de entrar otra urgencia, que debe irse. Me doy cuenta de que este hombre, por muchos pelos en la nariz que tenga, se pasa el día atendiendo gente infartada por la calle, casos en los que cada segundo que transcurre es vital. Nos levantamos todos y salimos al pasillo.

—¿Podemos verla? —insiste papá.

Accede a acompañarnos hasta la sala donde está y nos advierte de que solo puede entrar uno. Lorenzo y yo nos quedamos junto a unas puertas de ojo de buey.

—Joder —resopla él.

—¿Entiendes ahora en qué se ha gastado el dinero? —me atrevo a preguntar.

Tan listo que es y no ata cabos. Me mira desconcertado.

—Me juego tu piso de ensueño a que la transferencia acabó en alguna clínica especializada.

—Joder —vuelve a decir.

Por una parte, me llena de esperanza pensar que pueda haber algún tratamiento nuevo; por otra, me inquieta, una vez más, que la hayan estafado. Podría haber caído en manos de algún chamán de los que proliferan en la red. Esa segunda posibilidad me domina, pesimista que es una, y me da tanta pena imaginar a mamá en el momento de recibir la noticia de que tiene una enfermedad incurable, encontrando una salida insensata, siendo timada por cualquier curandero, que me pongo a llorar. Me gustaría abrazarme a Lorenzo, desahogarme en su hombro, pero algo se ha roto entre nosotros. Además, este hermano mío es alérgico a las efusiones. Pasa el gitano guapo y me sonríe.

—Perdona —lo llamo.

Se detiene y me mira con unos ojos negros capaces de derretir el acero.

—Nada —le digo.

Iba a pedirle que me diese un abrazo, pero no me atrevo. Estoy loca. Me seco las lágrimas. El gitano sonríe a Lorenzo, se acerca a mí y me besa en la frente. Sus botas negras de tacón resuenan contra el suelo mientras vuelve a la sala donde lo espera su familia. Lorenzo no entiende nada. Se refugia en su móvil. Regresa papá, más animado, y nos explica que mamá está bien, que ha hablado con ella, y dice que el tema no es grave. Ni Lorenzo ni yo nos atrevemos a quitarle esa esperanza; es más, yo incluso me adhiero a ella; no sería la primera ni la última vez que los médicos se equivocan.

Lorenzo

Es mi turno de entrar a ver a mamá. Está en un pasillo, tiene narices, aunque han tenido el detalle de protegerla con un biombo, eso sí. Impresiona verla enchufada a tanta máquina. Se quita la mascarilla de oxígeno e intenta sonreír. Su nuevo peinado rubio parece un estropajo; ha envejecido como quince años desde la última vez que la vi.

—¿Por qué estás tan serio? —me pregunta.

La beso.

—Marchaos para casa, no hace falta que estéis todos aquí —me dice, y me coge de la mano.

El tubo de suero se bambolea. El frasco está casi vacío. Busco el puesto de enfermería y no veo ninguno. Regreso junto a mamá.

—Tienen mucho trabajo, acaba de pasar un hombre lleno de sangre —me dice—. Marchaos, no os preocupéis.

—¿Por qué no nos habías dicho nada?

—Me ha preguntado lo mismo tu padre.

—No me parece normal que te hayas enfrentado tú sola a algo así.

—Soy más fuerte de lo que os creéis, también eso se lo he dicho a tu padre. Sois un poquillo pesados.

—Entre todos podemos buscar tratamientos alternativos, segundas opiniones —lanzo.

No dice nada. Se recoloca la mascarilla. Una máquina emite pequeños pitidos, controla su ritmo cardiaco. Cojo los papeles que reposan al pie de la cama, no consigo entender la letra y vuelvo a dejarlos. ¿Intentaba Silvia ligar con el gitano o estoy loco? Hay que averiguar como sea si es verdad lo de la terapia alternativa, tal vez la puedan curar en Estados Unidos.

—Te van a regañar en el trabajo, vete.

—Es domingo, mamá.

De pronto comienza a llorar; es la segunda vez en una semana y muy pocas veces la he visto hacerlo: cuando murió la abuela, o tras alguna discusión grande con papá. No sé qué hacer. Me entran también ganas de llorar.

—Yo no quería que os enteraseis. No sé por qué papá os ha llamado —gime.

Le acaricio el pie por encima de la sábana, me coge otra vez la mano.

—Quiero conocer ya a tu novio, a tu pareja... o como se diga.

Me quedo desconcertado, no termino de acostumbrarme a que lo sepa todo, no me apetece hablar del tema.

—¿Rafa se llama?

—Sí. Tú olvídate ahora de eso. Hay que centrarse en tu tratamiento. ¿Cuál es el nombre de la clínica a la que has pagado?

No responde, su respiración se agita debajo de la mascarilla.

—¿Está en Estados Unidos?

Sigue callada. Aparece un celador y le dice, hablando muy alto, como si mamá estuviese sorda, como si todas las personas mayores lo estuviesen, que se tienen que ir a hacer una prueba. Pregunto cuál, pero solo sabe que bajan a radiología. Intento animar a mamá con una sonrisa, pero ella mira al techo seria, concentrada en intentar respirar.

Papá y Silvia no están en la sala de espera ni en el pasillo, los encuentro en la cafetería sentados a una mesa, sin tomar nada. Me siento a su lado. El local es enorme, hay bastante ruido. Papá tiene la mirada ausente. Silvia le ha contado sus sospechas. Aprovecho para comentar que buscar otras opiniones no es mala idea, siempre que sean serias, y me callo lo que todos ya sabemos: que mamá tiene mucho peligro.

—Ya veréis como al final no es tan grave como lo pintan —insiste papá.

Mis reservas de piedad se han agotado. Este hombre se niega, como siempre, a ver la realidad.

—Los problemas del corazón no tienen vuelta de hoja. Han hablado incluso de la posibilidad de un trasplante —señalo.

—Nos han dicho que mañana le dan el alta, y este es un buen hospital —zanja papá.

No insisto, no es momento de broncas, aunque no pienso quedarme quieto, hay que intentar adelantarse a los acontecimientos. Silvia les ha contagiado su lado zen, que no es otra cosa que dejar para mañana lo que podrías hacer hoy.

Aurora

La cama se bambolea, el barco debe de estar hundiéndose. Mira que le dije que ir a Canarias por mar era un disparate, por mucha luna de miel que sea, que yo me mareo hasta en la barca del Retiro. Menudo espectáculo, hasta la cena de anoche que he vomitado y todo. Ayer por la mañana también vomité, y anteayer. A ver si va a ser otra cosa y no el barco. Sería la mujer más rápida del mundo, una coneja, no hace ni un mes que estamos en ello.

—Todo va a ir bien —me dice una doctora.

Me ahogo otra vez. A respirar despacito. ¿Qué hace Silvia aquí? Ay qué pena, cómo llora. Qué barco de luna de miel ni qué narices, sigo en el hospital; al final, me dio el telele. Yo no quería que supiesen nada, dicen que las enfermedades largas son mejores para la familia, que tienen tiempo de hacerse a la idea, que al terminarse la función queda el consuelo de que los enfermos dejamos de sufrir. Pero yo siempre he preferido un susto de golpe; los malos tragos cuanto antes mejor: mamá se ha muerto; una temporada tristes y a otra cosa. No sé qué tonterías digo... tenía que haber hablado con Silvia hace tiempo, alguien ha de avisar al ruso cuando la cosa se ponga fea; como me descuide sí que habrá sido todo tirar el dinero. Los pitidos estos me están volviendo loca, a cada poco me parece que se vuelven continuos, como en las películas. Silvia me agarra la mano, siempre tan mimosa.

—En mi mesilla de noche hay un neceser con un estuche, hija. Lo necesito aquí cuanto antes.

—Mamá, no te puedes tomar nada sin la supervisión del médico.

—No son medicinas. Tú tráeme el neceser. Solo puedo confiar en ti, mi niña. Nunca pensé que todo pudiese ir tan rápido.

—Han dicho que mañana te dan el alta. Habla con el médico, cuéntale todo y él te dirá.

—Los médicos no tienen ni idea. Tráeme el neceser por si acaso.

—¿Para qué es?

—Para medir las pulsaciones, me las vigilan desde un sitio —le digo.

Suspira, parece empezar a ceder.

—No se lo cuentes a los demás —le pido.

—No te hace falta ningún medidor. Estás perfectamente controlada.

—Lo quiero ahora. Ya. No me hagas hablar que me fatigo.

Suspira otra vez.

—¿Dónde está el neceser? —pregunto, como si le tomase la lección.

—En la mesilla —responde.

Vuelvo a colocarme la mascarilla; a ver si así se marcha, me está poniendo nerviosa. Me agarra otra vez de la mano, juega con mi anillo. «Alianza nueva y eterna que será derramada por vosotros». No quiero misas, tengo que dejar eso muy claro. Abro los ojos y Silvia ya no está. Pasa algo raro con el tiempo, tan pronto se acelera como se ralentiza. Parece mi corazón, o un radiocasete estropeado. Lo que nos reímos en el viaje aquel a Asturias. Un año tendría Silvia, la llevaba yo en brazos en el asiento delantero, sin cinturón y sin nada. El radiocasete que había comprado Alfredo a un conocido —yo creo que era robado— no funcionaba bien y Julio Iglesias sonaba gangoso, a veces con la voz grave de un cantante de ópera y a veces como el Pato Donald. Alfredo no hacía más que dar golpes al cacharro, incapaz de reconocer que lo habían estafado. Qué orgullo más tonto tienen los hombres. Luego se rio; aún se reía. A ver si Silvia llega pronto con el aparatito.

Silvia

No me gusta la atmósfera que se respira en el piso, hay una vibración extraña, un presagio chungo. Creo que he soñado con esto, con la sensación de entrar en la casa, tras morir papá y mamá en un accidente, y hacerme cargo de sus cosas. La máquina de coser; el avión de papá; las zapatillas que le regalé a mamá, destrozadas de tanto usarlas; la foto de mi primera comunión. Qué sorpresita nos tenía preparada este domingo lleno de sol. Me siento en el borde de la cama, en el lado de mamá. Huele a ella, respiro con todas mis fuerzas. Abro la mesilla y encuentro el misterioso neceser. Dentro hay un estuche marrón y naranja con un pulsador parecido a los que tienen las personas mayores que viven solas. A lo mejor no es tan disparatado lo que haya contratado, ni siquiera le hemos dado un voto de confianza. Lo guardo en el bolso y camino hacia la entrada. Continúa el mismo silencio amenazador. El comedor, la silla que usa mamá. No tiene que ser fácil vivir cuando tienes los días, o los meses, contados. Siempre me he preguntado cómo es posible que las personas de noventa años vivan con esa aparente tranquilidad. Estamos programados para ello, el problema es cuando falla algo y el calendario se adelanta. A mamá le podrían quedar un par de décadas, si no fuese por esta mierda. Mensaje de Lorenzo para ver cómo nos organizamos por la noche, es una tontería que se quede papá. Me quedo yo, le digo, y me pongo en marcha; mamá no va a estar tranquila hasta que le lleve el maldito neceser. A coger otro taxi. La sala de cine y la peli de Brahim Mohamed Mustakis. La casa de Alberto. Luz en el salón. ¿Estará con otra?

—Pare un momento aquí, que tengo que recoger una cosa —pido al taxista.

Llamo al telefonillo y responde una mujer. A lo mejor no era este piso. Ladridos y la voz de Alberto por detrás de la chica, que vuelve a preguntar quién es. Regreso al taxi. Hijo de la grandísima puta.

—Mamá aún sigue en el pasillo, son capaces de tenerla toda la noche ahí —me cuenta Lorenzo en cuanto llego al hospital.

A papá se lo ve harto, está como loco por volver a su botellín y sus patatas fritas frente al televisor. Igual soy hija de un matrimonio sin amor; por eso soy incapaz de encontrar al hombre ideal, no tengo un modelo al que imitar. Papá acepta sin problema que sea yo la que me quede; si fuese al revés, habría que haberla matado a ella para que se marchara a casa. Me estoy entreteniendo demasiado, tengo que llevarle el neceser y ha entrado papá antes a despedirse. Lorenzo me explica que hay distintos grados en la enfermedad, depende de lo afectado que esté el corazón. No tomar la medicación es una irresponsabilidad, un suicidio. «Tendremos que estar atentos, vigilarla», dice.

—Mamá, por encima de todo, lo que tiene que hacer es disfrutar del tiempo que le quede, que seguro es mucho. A eso es a lo que tenemos que ayudarla, aún le pueden quedar muy buenos momentos si deja de vivir como una esclava.

—No es una esclava.

—En parte sí, como tantas mujeres de su generación.

—La media de supervivencia es de cinco años.

—Joder.

—Pero mientras tanto puede tener una buena calidad de vida, es cierto.

—¿Tú crees que son felices?

—¿Quienes?

—Ay, Lorenzo... Los monos de Borneo.

—Son felices a su manera. Te repito que no es ninguna esclava. Estáis empeñadas en demonizar el rol del ama de casa, en descontextualizarlo.

—Yo no estoy tan segura de que ella sea feliz.

—Es verdad que tiene que disfrutar de la vida, pero sin hacer más tonterías. No la animes tú a portarse como una loca, que te conozco.

—Vamos a entrenar para el maratón de Nueva York, no te jode.

Papá regresa y nos comunica que la van a pasar ya a una habitación. Dice, con la boca pequeña, que en el sillón del acompañante se puede quedar él. Le digo que no sobreviviría a una noche así, que corre mucho más riesgo de muerte que mamá. Le doy un beso y lo animo a marcharse con Lorenzo, los tendré informados en todo momento.

—Me ha preguntado por ti tres veces —me dice papá.

Insisto en que se marchen y entro a ver a mamá. Me tiende la mano con dedos temblorosos, y tengo que ayudarla a abrir el estuche y a colgarse el pulsador en el cuello. Lo agarra igual que la abuela hacía con la medalla de la Virgen.

Aurora

Traen ya del quirófano a mi compañera de habitación y el marido echa la cortina que separa las camas. Mejor, no tengo ganas de dar conversación a nadie. No sé qué hace ahora, se ha descalzado. Ay, mi madre, se ha puesto a rezar, está a cuatro patas, es un moro. Lo que faltaba. Vale, los moros también tienen derecho a enfermar. Que Alá o el dios que tenga lo ayude, yo no he creído nunca en religiones. Se supone que una vez muerto vas al cielo o al infierno, pero ¿qué pasa si después resucitas? ¿Viene el demonio y te dice que para fuera del caldero, que vuelves a la tierra? ¿Te llama un ángel celestial y te dice que se acabó la buena vida, que te vayas para abajo al cochino mundo? Me entra la risa —señal de que ya estoy bien— y consigo contenerme, no quiero que el hombre este vaya a pensar que me río de él. Por debajo de la cortina se ve cómo apoya la cabeza en el suelo una y otra vez. Regresa Silvia y suelta un quejido al recostarse en el sillón. Mala cosa, eso los jóvenes no lo hacen.

—No irás a adoptar a un chino, ¿verdad, hija?

Da un respingo. No es para menos, qué cosas tengo a estas horas. Se me han removido los cimientos, como dice Elsa.

—No voy a adoptar a ningún chino, no te preocupes. De todas formas, ¿qué les pasa a los chinos? —me pregunta una vez se le pasa el susto.

—Se me haría raro ser abuela de un chino, pero lo acabaría queriendo. Eso es lo que pretendo que sepas.

—¿Acaso te estás volviendo racista?

No me da la gana contestar. Con estas cosas salta a la primera, parece un político.

—¿No le habrás dado el dinero a algún partido?

No te digo... Otra cosa que no pienso responder. ¿Quieres política? Pues yo voy para presidenta del Gobierno. El moro, o el ciudadano árabe... o como se tenga que decir ahora, entra en el cuarto de baño y saluda muy educado a Silvia. Creo que le da vergüenza tener a una mujer joven tan cerca.

—Si el chinito no tiene los ojos muy cerrados, mejor, que esos son muy feos —digo, ya puestos a chinchar.

—Mamá, por favor —responde, y no consigue evitar reír.

—Sabes que nada me haría más ilusión que ser abuela.

—¿Alguna vez pensasteis en tener más hijos? Cuando yo era pequeña soñaba con una hermana con la que jugar.

—Con la parejita ya tuvimos más que suficiente, son muchos gastos —le explico.

—A veces se me pasa por la cabeza quedarme embarazada yo sola.

—¿Tú sola? Te hará falta un hombre, ¿no?

—Necesitas el espermatozoide de un hombre, no un hombre entero, lo sabes de sobra.

Menos mal que el ciudadano árabe está en el cuarto de baño. No he visto cosa más impúdica que esta niña.

—Voy a empezar a investigar el tema —me dice.

A mí me parece que el amor es algo importante en estos temas, pero serán los prontos románticos que me entran últimamente.

—Puedes escoger el tipo de padre, ¿verdad? —pregunto en voz baja.

—Te buscan a alguien con rasgos similares. No te asignan uno de otra raza, por ejemplo, pero no sabes nunca quién es.

—A mí siempre me ha parecido raro un hombre que dona una cosa así.

—Lo primero que hacen es pasar un examen psicológico, ojalá se lo hiciesen a todos los que quieren ser padres.

El ciudadano árabe sale del cuarto de baño y nos callamos. ¿Qué habrá comido este hombre? Está podrido, vaya peste ha dejado; como me den ganas a mí pido la cuña, yo ahí no entro. A Silvia también le llegan los efluvios a perro muerto, se tapa la nariz con una mano y agita la otra. Nos entra la risa tonta. Ella se arropa con la sábana, se esconde debajo. Dirá lo que quiera, pero el Mohamed este podría ser el padre de su hijo, basta con que elija a uno moreno y bajito, y como él haya sido donante se forma el lío. Un Mohamito en casa. A ver quién le cambia los pañales. Me entran más risas. Llega la enfermera, pone cara rara al vernos en este plan y pasa al otro lado de la cortina para cambiar un frasco de suero. Al salir nota la nube tóxica, abre la puerta del cuarto de baño, arruga la cara con gesto de asco y se aventura a entrar. Una heroína en toda regla. Silvia ha sacado la cabeza de debajo de la sábana y observa sin descubrirse la nariz. La enfermera tira de la cadena y huye. Nos quedamos en silencio hasta que pregunto:

—¿Y si te salen gemelos?

—No pasa ya nunca, se implanta solo un embrión.

—¿Cuándo te lo vas a hacer?

—Solo he investigado por encima; no hay prisa, no soy tan mayor.

—Yo sí tengo un poco de prisa.

Se queda callada. Me duele ser tan franca, pero no me ha quedado más remedio. Suspira, me tiende una mano por debajo de la sábana y se la cojo.

—Voy a estudiar el tema, te lo prometo. Ahora intentemos descansar —dice.

Le doy un beso en la mano y se la suelto. Se arropa de nuevo con la sábana.

—No discutas con tu hermano por temas de dinero. Eso sí que te lo pido.

—Es un capullo, pero lo quiero mucho. No te preocupes.

—El día de mañana vais a tener nuestro piso y el taller. Con eso os arreglaréis bien.

—No pienses ahora en esas cosas.

—Oye, ¿tú has hablado con él de otros temas hace poco?

Se queda un momento callada, no tarda en atar cabos y descubrimos que ambas estamos al tanto de que es gay.

—¿Por qué no me lo habías contado? —le pregunto, dolida.

Me explica que hace muy poco que Lorenzo se ha sincerado con ella y me pregunta cómo me he enterado yo.

—Este hermano mío es imbécil —dice cuando le explico que a mí me lo dijo por wasap.

—Es normal que se quiera mudar a una casa más grande. Ten paciencia —insisto.

—Lo mío con el alquiler de la tienda también es normal, pero ya no tiene sentido hablar de eso.

Por el pasillo se oye el traquetear de un carrito con frascos y medicinas. Esperamos a ver si entra en nuestra habitación pero pasa de largo.

—Perdona por haberte presionado, mamá. No sabíamos nada de la enfermedad —se disculpa.

Ni puedo ni quiero entrar ahora en ese tema. Alguien tose en la habitación de al lado. Carraspeo, ya estoy recuperada, qué alegría. Silvia, en cuestión de minutos, se queda frita, se lo noto en la respiración; sin mirarla, es igual que su padre. Aprovecho para contestar un mensaje de Elsa:

Estoy bien, no os preocupéis

Mañana vamos a verte

No hace falta, de verdad.
Nos vemos en casa

Tienes el pulsador?

Le explico que ya no me voy a separar de él, y me emociono de nuevo. Sería imposible encontrar a otra persona en el mundo capaz de entenderme. Debería hacerme un injerto con piel suya, como los rosales, a lo mejor así conseguía comprender yo misma lo que he hecho. Me conoce tanto que hasta cambia de tema.

Fue un éxito tu blusa, que lo sepas.
Me quiero hacer ahora un bolso de *patchwork*

Qué es eso?

Con trocitos de tela

Con retales? Eso ya lo hacía mi abuela.
No hace falta ponerle nombrecitos raros. Está chupado. En cuanto quieras empezamos

Genial. Voy buscando telas viejas.
Descansa, que ya es tarde. Mañana hablamos

Besitos

Alfredo

Setenta años no son nada hoy en día, le podrán poner un marcapasos o algo de eso, y si no que la curen los chamanes o lo que sea que haya contratado, yo no me voy a oponer. Al final, en esta vida todo termina encajando. Qué cansado estoy. Hoy no me lavo los dientes, me ha dado esa rebeldía. La cama está fría de narices. No consigo dormirme, doy vueltas, el colchón está inclinado de una forma rara sin el peso de Aurora. Me levanto, me lavo los dientes y me vuelvo a acostar. Vueltas y más vueltas. Enciendo la luz. ¿Y si meto algo que pese en el lado de Aurora? Aquí no tengo nada, en el taller todavía podría encontrar algún eje o alguna caja de cambios. ¿Y si me traigo la bombona de butano de la cocina? Debo de estar más dormido de lo que creo, menudo disparate. Apago la luz y me coloco boca arriba, a la espera del primer ronquido. No he cambiado el despertador; hay que ponerlo antes, he quedado en ir por el hospital a las siete. A ver si a la décima va la vencida. Un ronquido, dos, me doy la vuelta para calentarme los pies con los de Aurora. Las sábanas están heladas, no se la siente; se ha debido de morir a media noche. Me levanto de un brinco. Jadeo. A ver si le va a pasar algo, a ver si le da otro ataque y estoy yo aquí tan tranquilo. Me visto y camino hasta la estación de metro. Está cerrada; a lo tonto son las dos de la mañana. Aurora está bien. Más vale que me deje de tonterías e intente descansar, es lo que les he dicho a los chicos, y luego yo no soy capaz de predicar con el ejemplo. Regreso a casa, me bebo una buena copa de coñac y me meto en la cama. No me muevo, no pienso, el calor del licor se extiende poco a poco. Un ronquido, dos, me pongo de lado.

El puto despertador lleva media hora sonando, y esta mujer que no lo apaga. Abro los ojos. Tampoco en la cocina se oyen ruidos. Me siento en la cama, vuelvo a la realidad. Pongo la cafetera y meto el pan en el tostador. Mientras espero veo que tengo un mensaje de Silvia: todo está bien, ya han desayunado y rezado a Alá. Le envío unos signos de interrogación y me contesta con un vídeo en el que se ve a un árabe rezar por debajo de una cortina. Huele a quemado. Las tostadas. Las rasco encima de la pila y se pone todo perdido de polvo negro. Les echo aceite y se me escurre por la muñeca. La cafetera también ha debido de terminar hace tiempo, huele a goma quemada. Tiro todo a la pila y me voy a la ducha. No sale agua caliente. Hay que encender el calentador. Me armo de paciencia, lo conecto y al pasar junto al teléfono veo que me llama Silvia. Descuelgo de mal humor. Me dice que no es necesario que vaya ahora, que parece que le van a dar el alta, que espere en casa, me avisará para que vaya a buscarlas.

—Me lo podías haber dicho antes —contesto.

No responde. Cambio el tono y pregunto qué tal noche han pasado. Me dice que buena y me propone que espere en el taller. No es mala idea, me conoce bien esta hija mía. Me despido y voy al cuarto de baño. El telefonillo de la ducha se ha girado, el suelo está empapado. Patino, poco falta para que me mate. Cierro el grifo, voy a por la fregona, seco todo y me siento a la mesa del comedor. Son las siete y media y ya estoy agotado. Me visto con la ropa del día anterior y me voy para el taller. Necesito dos carajillos y doble ración de churros.

El polaco no puede venir, dice que tiene fiebre. No sé qué coño he hecho hoy. Esta juventud no sirve para nada; a su edad yo iba a trabajar con cincuenta de fiebre, con nieve, con hielo, con fuego. Las nueve en punto y ya entra alguien. El de la batería. La verdad es que ha tenido mala suerte; si le llega a fallar dos meses antes, la garantía le habría cubierto una nueva. Se me pone borde. A mí qué me cuenta, no es culpa mía si cada vez las hacen más malas, ya sabemos que las que vienen con el coche de fábrica duran mucho más. Reclama al fabricante, no a los que estamos aquí pasando frío, no te jode. Pon los comentarios que quieras en internet, o haz pintadas en el muro de enfrente. Qué cosas hay que aguantar. Hale, a tomar viento, buenos días. A ver si me jubilo de una puta vez, parezco tonto. Echo el cierre, conecto la alarma y tiro para casa. Hay que hacer un *reset* a este día, como al teléfono. Limpio la cafetera, la pongo de nuevo al fuego, tuesto el pan sin moverme de aquí y, en cuanto está todo listo, lo llevo a la mesa junto con el aceite y el azúcar. El crujir del pan y el aroma del café me devuelven el buen humor. Me aseguro de que el calentador está encendido, voy al cuarto de baño y me meto bajo el agua calentita. Como le pase algo a Aurora no sé qué va a ser de mí. Me sueno, me enjabono y hago pis en el desagüe con cuidado de que no salpique fuera.

Lorenzo

Salgo de la ducha con la toalla alrededor de la cintura y me lo encuentro vestido con mi uniforme y una sonrisa de oreja a oreja.

—Estás monísimo —le digo.

Da una vuelta sobre sí mismo. Le queda perfecto. Camino hacia el dormitorio, agarra unos cuadernos y me sigue.

—Tengo tres multas de las gordas —me dice.

Abro el armario y me vuelvo para observarlo. Sus ricitos pelirrojos. Su sonrisa blanca. Noto una presión en la zona central de la toalla.

—Me alegra ver que le vuelve a funcionar la tienda de campaña, querido vecino —se ríe.

Me pongo unos calzoncillos antes de que la cosa vaya a más. No tengo ganas de tonterías mientras mamá sigue en el hospital, no es tan difícil de entender.

—Tu madre está bien. Deja de angustiarte —me dice, sin que yo llegue a objetar nada.

Me siento en el borde de la cama para ponerme unos calcetines.

—Si te regalasen setenta mil euros, ¿en qué te los gastarías? —pregunto.

—En un viaje contigo alrededor del mundo. ¿Y tú?

—En un piso para vivir juntos, lo sabes perfectamente. Y he perdido la señal que di para uno precioso, que lo sepas.

—¿Qué señal?

—Una sorpresita que te tenía preparada. Ya da igual.

Se queda callado. Hacía mucho que no hablábamos del tema. Cada vez pasamos más tiempo aquí, en mi piso.

—Sus amigas tienen que saber algo, ya te lo dije. Es superraro que se haya pulido tanto dinero sin decírselo a nadie.

—Eso está claro.

—Hay que seguir el rastro del dinero, como en las novelas de espías. Si tu madre fuese un hombre calvo habría que investigar en Turquía —dice mientras se atusa sus rizos pelirrojos.

Me rio. Se acerca; sus ojos brillantes, sus pestañas húmedas.

—Voy a llegar tarde. Dame mi ropa.

—Quítamela tú.

—Rafa, ya vale.

No se mueve. Me aparto, cojo el móvil y compruebo si tengo algún mensaje de Silvia. No hay novedades más allá de que están esperando a que pase el médico. Rafa finalmente se quita la camisa y me la pasa. Su pelo rojizo también en el pecho. Sus pezones anchos. Le sonrío y sigo vistiéndome.

—¿Sabemos algo de los médicos? —me pregunta mientras se quita los pantalones.

Más ricitos, y su cohete a punto de entrar en combustión.

—Despegue en cuatro, tres, dos, un segundo y camino a Marte —dice mientras vuelve a acercarse.

—¿Hace cuánto que no ves a tu madre? —le suelto a la vez que lo aparto con un dedo.

Le cambia la expresión. Sé de sobra que lleva años sin hablar con sus padres.

—Perdona —me disculpo.

Tarda solo un instante en recomponerse.

—Quiero acompañarte al hospital. Quiero conocer a Aurora —dice, y camina hasta la silla donde dejé ayer su ropa doblada.

Comienza a vestirse. Le digo que de momento no iré al hospital, que tengo que trabajar.

—Pues me voy a repartir el correo contigo.

Le pido que haga café y se deje de tonterías. Me observa en silencio, suelta la ropa y camina hacia la cocina. Echo la toalla a lavar, hago la cama, me peino, abro la ventana para ventilar y voy tras él. Lo encuentro batiendo unos huevos.

—¿Qué haces?

—Pregunta retórica, me temo.

—Yo solo desayuno café, sin azúcar y sin nada. Lo sabes de sobra.

—Yo, yo y yo.

Descubro que sobre la mesa reposa ya mi taza humeante. Me siento. Él, en cuanto cuaja la tortilla, pincha un trocito y me lo tiende. Niego con la cabeza, aunque la verdad es que huele muy bien. Sé que me estoy pasando de antipático, pero su paciencia, su cariño, a veces me irrita.

—Yo estoy muy bien aquí. O en mi casa. No necesito un piso más grande —me dice.

—Pues yo sí. Me agobian los espacios pequeños. A lo mejor en una casa más grande no sería tan maniático.

—¿Tú crees? —me pregunta con una sonrisa.

Apuro el café, y cuando voy a llevar la taza al lavavajillas me sujeta del brazo.

—Deja que tu madre se gaste el dinero en lo que quiera.

—Métete en tus cosas —le contesto, y consigo, ahora sí, ofenderlo.

Camino hasta la entrada, me pongo el abrigo y la bufanda, y regreso junto a él.

—Perdona —vuelvo a disculparme, y le doy un beso en los labios.

Trata de sonreír, aún enfadado. Le acaricio las tetillas y lo beso de nuevo.

—Perdona —repito una vez más.

Asiente. Me agacho y abro la boca para que me dé lo que queda de tortilla. Pincha el trozo y, en el último momento, cambia de dirección y se lo come él.

—Capullo —le digo mientras se ríe.

Regreso hasta la puerta, cojo las llaves y abro. Lo oigo corretear a mi espalda.

—Avísame en cuanto salga del hospital —me pide a la vez que se apoya en el quicio de la puerta del pasillo.

Le prometo que lo haré, y me marcho mientras me sonríe con fingida inocencia.

Silvia

No encuentro los zapatos de mamá. Estoy por preguntar a Brahim, que así se llama el marroquí, cuando los descubro en una bolsa de plástico al fondo del armario. Lorenzo y sus manías. El moro, como lo llama mamá, es un hombre culto y educado. A su mujer le han vaciado un pecho, Alá así lo ha querido. Cojo la bolsa con las cosas, nos decimos adiós y Brahim se lleva la mano al corazón en señal de aprecio. Mamá camina agarrada a mi brazo, se la ve contenta. Las enfermeras se despiden con cariño. En el vestíbulo, el habitual trasiego de media mañana nos aturde a las dos. Vamos hasta la esquina de la calle y esperamos a papá. Parece mentira que solo hayamos estado un día en el hospital: el aire frío, el camión que descarga cerveza en la acera de enfrente, los peatones que cruzan apresurados el paso de cebra, todo me resulta alegre, pletórico de vida. Me fijo en los muros del hospital, tan solo unos ladrillos nos separan de ese mundo paralelo. Ya sé que debería pensar que ahí dentro curan a la gente, pero no puedo dejar de asociarlo al sufrimiento. Papá llega en el coche, acelerado, a un ritmo que me resulta irritante. Ayudo a mamá a sentarse mientras él vigila por el espejo la furgoneta que tiene detrás. Cuando intento echar una mano con el cinturón se impacienta y me pide de malos modos que ocupe el asiento trasero. Me fijo en el conductor que espera, un señor mayor sin prisa alguna que me sonríe. Le doy las gracias y entro en el coche. Papá arranca en cuanto cierro la puerta. Avanzamos a toda velocidad por avenidas sin tráfico.

—¿No me preguntas qué tal estoy? —le reprocha mamá.

—Se te ve como una rosa. Menudo susto nos has dado.

Da un frenazo al llegar a un semáforo.

—A ver si ahora que los médicos no han acabado conmigo nos matas tú —lo regaña ella, aferrada al asa de la puerta.

Papá nos explica que ha tenido que dejar el taller cerrado, que su ayudante no ha ido a trabajar. Le digo que tampoco habría pasado nada porque se cogiese el día libre, y no me contesta. Llegamos a casa, nos deja junto al portal y se marcha algo más tranquilo. En el ascensor nos encontramos con Javier, el vecino de enfrente, que tiene cinco años menos que yo y que, pese a que lo martiricé cuando éramos niños, me guarda cariño. Es un hombre apuesto, casado, con dos críos pequeños. Me sonríe, subimos los tres juntos y le dice a mamá que la ve muy bien, que cada día está más joven y guapa. A mí no me habla, pero me roza con el brazo. Cuando salimos me guiña un ojo. Entramos en casa. Mamá se pone sus zapatillas y empieza a trajinar como si no hubiese pasado nada: limpia con una bayeta la mesa, recoge en la cocina el desayuno de papá. Le digo que vaya poco a poco, aunque en realidad no sé qué es lo que le conviene; hasta que no vayamos al cardiólogo no tenemos muchos datos.

Me pregunta con un gesto por el vecino.

—Es un hombre casado, mamá.

—Solo te hace falta un espermatozoide suyo.

Qué burra es. Rompo a reír.

—Es guapo y trabajador, no te rías. Y tonto como todos los hombres. Si te lo propones te lo llevas al huerto en dos días. Un revolcón o dos, como tú dices, y luego él solito va a volver con la mujer, no te preocupes.

Me río de nuevo.

—Más vale malo conocido —termina con la broma, y sale a la terraza para regar sus plantas.

Me llama. En una jardinera han brotado tres tallos verdes con varias hojitas.

—Mira mis manzanos, qué maravilla.

Tienen algo enternecedor, tan pequeñitos, con el tallo curvo casi transparente aflorando de la tierra como pajarillos que hubiesen roto el cascarón. Me siento junto a la mesa y escribo a Alberto un último mensaje antes de darlo por imposible. Le pregunto simplemente si se ha muerto, aunque resulta obvio que no es así: mis últimos mensajes aparecen como recibidos y leídos. Mamá deja sus plantas, saca unos filetes del congelador y empieza a pelar patatas. Se las quito, las llevo a la mesa y la obligo a sentarse.

—En menos de una hora está tu padre aquí —me informa.

—Pues que espere.

Sigue pelando y troceando. Le pregunto si pongo a descongelar la carne y me dice que ahora lo hace ella.

—Mamá, no puedes trabajar tanto.

—No empecéis con tonterías. Me paso el día en la cocina y no me importa. Así me queréis.

No le hago caso, me levanto, pongo los filetes a descongelar y saco una sartén. Hace ademán de levantarse, le pido que se quede donde está, y para mi sorpresa obedece. Le pregunto si le gustaría hacer algún viaje.

—No necesito viajes.

Tal vez le puedo organizar uno sorpresa, tengo que hablarlo con los demás. En el descansillo suena la puerta del vecino y poco después el ascensor.

—Recuerda que solo te hace falta una cosa de él.

Le lanzo el tapón del aceite. Lo detiene al vuelo con la mano y hace un gesto de triunfo doblando el codo, como las tenistas. Me rio y a la vez me inquieto. Ella nunca hace cosas así. Sigue habiendo algo aquí que no cuadra.

—¿Conoces ya al novio de Lorenzo? —quiere saber de pronto.

Le digo que no y le pregunto cuándo se lo contará a papá.

—En el fondo no le va a hacer gracia —me explica—. Como cualquier padre, habría preferido que saliese a él, que le gustasen los motores, los coches, los aviones.

—A lo mejor te hace abuela antes que yo.

Se queda desconcertada.

—Un chinito gay —continúo la provocación.

—No te rías, he oído que hay parejas de hombres que alquilan mujeres para tener hijos.

—A mí no me parece bien. Existen miles de niños deseando ser adoptados.

—También es verdad.

Vuelvo a la cocina, le doy la vuelta a los filetes para que terminen de descongelarse y regreso a por las patatas que ya ha troceado mamá.

—¿Para qué sirve tu pulsador? —pregunto de sopetón. Lo lleva al cuello, se le transparenta bajo la blusa. Tarda un poco en contestar.

—Para hablar con Dios.

—Te ha salido un poco cara la conferencia.

—Es entre galaxias. Pon las patatas al fuego, que falta poco para que llegue tu padre.

Obedezco, qué remedio.

Alfredo

Como tampoco venga mañana el polaco llamo a otro. Tengo la espalda machacada, y solo he cambiado un filtro de aire y dos aceites. Lo que debería hacer, como bien me ha dicho Silvia, es cerrar un par de días. Pero no es tan fácil, para eso hay que ser un irresponsable, yo no voy a tirar por la borda la reputación de toda una vida: el cliente tiene que saber que siempre estamos aquí o se marcha a otro sitio, talleres no faltan. Mensaje de Silvia. Lorenzo le ha pedido que hable con Elsa, a ver si averigua algo del tratamiento ese. Le digo que me parece buena idea, y que ahora voy, que se marche tranquila para su casa. Apago las luces, aunque aún faltan diez minutos para las ocho, me pongo el abrigo, conecto la alarma, echo el cierre. ¿Cuántas veces habré hecho este recorrido de casa al taller, del taller a casa? Cada vez los pasos más cortos, la espalda más encorvada, la calva más grande. A ver qué nos dice el cardiólogo... Me parece a mí que estoy yo demasiado tranquilo.

¿Y esto? Menuda sorpresa, qué cena me ha preparado, todo un homenaje. De resurrección, dice; encima con guasa. Langostinos; una botella de vino blanco del que le gusta a ella, de ese dulzón que da dolor de cabeza; jamón del bueno, eso sí; lomo, chorizo picante. Y pone una cinta de Julio Iglesias, ya es raro que funcione aún. Me abro un botellín y estiro la espalda. No sé si tengo yo el cuerpo para estos líos.

—Ha sido idea de Silvia —me explica.

Cojo una rodaja de chorizo y doy un trago a la cerveza. Aurora se sirve un dedo de vino y me propone un brindis. Chocamos los cristales, nos sentamos y picamos un poco. Pregunto qué hay de segundo y me dice que nada.

—Silvia ha traído una tarta de la pastelería que te gusta —me aclara.

No me hace gracia, cenar estas cosas da acidez de estómago. Me levanto a por un omeprazol. Junto a mis medicinas veo varias cajas suyas y un papelito, escrito por Silvia, con la pauta que tiene que seguir.

—He decidido ser buena chica —me dice cuando regreso a la mesa.

Le contesto que así me gusta y le pregunto si no hay en el congelador alguna pechuga de pollo. Se queda un momento callada, asiente y se levanta. Tomo otro trozo de chorizo. Ella saca el pollo y lo mete en el horno a descongelar. Julio Iglesias se está poniendo un poco pesado. Me levanto y lo apago. Aurora me prepara en un momento una pechuga empanada que está de muerte. La única forma de comer algo decente es así, en casa, con cuatro ingredientes y una receta de toda la vida. La tarta también está muy rica. Ella casi no come. Tiene cara de cansada; no es para menos, ha salido esta mañana del hospital. Le digo que se acueste, que recojo yo todo, y me hace caso, lo cual es raro. Ni siquiera lleva su plato a la cocina. Meto las cosas en el lavavajillas, me como un último triángulo de tarta antes de guardarla en la nevera, y la veo al fondo del pasillo, en el cuarto de baño. Ya se ha puesto el camisón, se echa alrededor de los ojos algún potingue de esos de Silvia. Veo que en el papelito de las medicinas pone que le corresponden tres pastillas por la noche. Las preparo, cojo un vaso de agua y se las llevo. Suelta una risita, como una niña pillada in fraganti, y se las toma.

—No me quiero quedar viudo —bromeo.

Se ríe de nuevo y se cepilla el pelo. En las raíces ya le está saliendo el color blanco.

—Anoche estaba la casa muy vacía sin ti —me aventuro a confesar.

Me sonríe con cara de pena. Trago saliva y regreso al salón. Extiendo el mantel de los aviones y me siento en mi silla como un pasmarote. No tengo ganas de nada. También estoy cansado. Aurora se coloca detrás de mí, pone las manos sobre mis hombros. Estamos un rato en silencio. Apoyo la cabeza en su brazo y de pronto soy consciente de que salvo por un milagro voy a vivir más que ella; me quedaré solo, quiera o no. Por mucho que mire para otro sitio, la realidad es esa. Ella también lo sabe, esto es lo que flota en el ambiente.

—Lo vas a hacer muy bien, ya verás —dice—. Tú no dejes que los chicos te intenten organizar la vida. Haz las cosas a tu manera y ya está.

Se me contrae el estómago, la tarta se ha mezclado con el chorizo picante. Aurora me masajea los hombros.

—Has sido un buen marido.

Oírla hablar en pasado me estremece. Aun así consigo decir:

—Y tú eres una mujer de bandera —consigo decir.

Cojo sus manos, me levanto, nos abrazamos. Hacía años que no teníamos estas efusiones, y lo raro es que no me parecen cursis o exageradas. Si hace falta yo también puedo ser romántico.

—¿Aurora? —pregunta una voz de teléfono.

Se separa de mí y se lleva la mano al pecho.

—¿Ha activado el procedimiento de forma voluntaria? ¿Aurora?

—Estoy bien, leche, qué demonio de trasto —dice ella, y saca de debajo del camisón un pulsador.

—¿Es usted Aurora?

—Que sí, he apretado sin darme cuenta.

—Entendido. No se preocupe.

—Adiós.

Vuelve a meterse el pulsador entre los pechos.

—¿Qué es eso? —le pregunto.

—Nada, cosas mías.

—¿Es de teleasistencia?

—Sí —responde a la vez que se marcha al cuarto.

Recojo el mantel y me siento frente al televisor. No quiero saber nada del pulsador ni de su puñetera madre. Que hagan todos lo que les dé la gana. La batalla del chorizo picante y la tarta contra el omeprazol empieza a provocarme gases. Se me llena la boca de saliva, me viene un regusto químico. A mí es al que le haría falta un pulsador de emergencias, me van a salir siete úlceras, al final me van a enterrar antes que a nadie.

Silvia

—Como comprenderás, no te puedo contar algo que tu madre no quiere contarte —me dice Elsa.

—Sabes algo del tema, entonces.

No contesta. Recoloca un par de cojines del sofá donde está sentada. Si hay un sitio que cuadre con su personalidad es esta tetería, llena de telas indias y muebles antiguos.

—Solo queremos saber que el dinero se emplea en el mejor tratamiento posible, entiéndelo. Estamos preocupados.

—En España tenemos médicos muy buenos.

—Reconoce que el simple hecho de que no nos explique nada resulta inquietante —respondo, e intento sonreír.

—No te puedo dar detalles. Habla con ella.

Me caliento las manos con la taza de té, las tengo aún rojas de la bici.

—Lo que debe hacer tu madre es disfrutar mientras siga en este barrio. A eso sí podéis ayudarla. Es una sufridora, no hay manera con ella.

Me remuevo en la silla. Es lo mismo que le dije a Lorenzo hace poco, con las mismas palabras.

—¿Por qué no os vais de crucero? —se me ocurre de pronto.

Elsa suelta una risita. Me crezco, estoy convencida de que es la mejor idea del mundo. Busco en el móvil viajes de una semana por el Mediterráneo, se los muestro.

—Carmen sueña con eso desde hace tiempo. A tu madre y a mí no nos va mucho, sinceramente —me explica.

Insisto un rato, le digo que no conozco a nadie que se haya arrepentido de un viaje así, y al final me anima a que hable con Carmen, que es quien se puede ocupar de tirar de semejante plan.

—Yo no me voy a oponer, también te digo. El mar y el sol me gustan. Es cuestión de matar a los animadores que encontremos y ya está —bromea, y da un sorbo a su infusión.

Sus labios pintados de un rojo brillante; la sombra azulada en sus ojos, a juego con sus pupilas; su sonrisa siempre amable; su ritmo pausado. Es increíble el aura de buen rollo, de bienestar, que desprende esta mujer.

—¿Verdad que no se va a morir? —pregunto, y no puedo evitar que la voz se me quiebre.

Sonríe ahora con pena.

—A Lorenzo le han hablado de un horizonte de muy pocos años —insisto.

—Eso nunca se sabe.

Me tiende la mano por encima de la mesa, me acaricia. No puedo contener las lágrimas. Tira de mí para que me siente a su lado en el sofá, me abraza. Consigo calmarme, me seco los ojos y vuelvo a la carga:

—¿Para qué sirve el pulsador ese?

—Pregúntaselo a ella.

—Joder, Elsa.

—Creo que a ti tampoco te gustaría que te pidiesen que traicionases a una amiga. Ocúpate de que lo lleve siempre colgado, eso es lo mejor que puedes hacer si quieres ayudarla.

—¿Qué pasa si se pulsa, estalla una bomba atómica?

—El día que llegue el momento lo entenderás todo.

Tenía que haber probado el pulsador de las narices cuando tuve oportunidad. A lo mejor aún estoy a tiempo.

—Para mí esto tampoco es fácil, Silvia.

De repente, no sé por qué, algo en ella me da miedo.

—¿Qué habéis hecho con el dinero? —pregunto con voz temblorosa.

—Yo no tengo nada que ver en el asunto, eso sí necesito que lo tengas claro. En cierto sentido podríamos estar hablando de la última voluntad de Aurora.

El miedo se convierte ahora en un rechazo visceral. La parte de bruja buena que siempre ha tenido se transforma en lo contrario. Me levanto, doy un paso atrás.

—Aurora no es tonta. Respetad su voluntad, por favor —me pide en un tono por primera vez imperativo.

Agarro mi gorro y mis guantes, y salgo hasta donde aparqué la bici.

Comienza a caer un agua nieve sucia.

Aurora

Qué mañanita llevo con el wasap, no hace falta que me manden mensajitos cada media hora. Si tardo diez minutos en contestar son capaces de presentarse aquí para ver si me he muerto. Risas, cuchicheos, tacones en la escalera. El timbre, y aquí están Carmen y Elsa. Menudo ramo de flores y vaya caja de bombones. Qué guapas. Ríete tú de los Rolling Stones, esos están mil veces más cascados que nosotras. Normal, se han fumado treinta mil porros y nosotras uno. Bueno, Elsa algunos más. No me preguntan por la enfermedad, quieren distraerme. En eso consiste la amistad. También es síntoma de que la cosa es grave, a qué engañarse. A Elsa se la ve tristona, es a la que más le afectan estas cosas, la más sensible.

Preparamos un poco de café, una tila para mí, abrimos los bombones y nos sentamos alrededor de la mesa. Carmen me planta delante un folleto con un transatlántico en la portada.

—Zarpan todos los viernes. Una semanita, Venecia, pizzas y gondoleros incluidos.

—Dentro de quince días a nosotras nos viene bien —puntualiza Elsa.

—Según tu hija podrás hacer un hueco en tu calendario —cierra Carmen.

Las fotos son muy bonitas, con camareros sonrientes, un bufet gigante y una piscina llena de toboganes.

—Yo me mareo en los barcos —advierto.

—Eso era antes, ahora casi no se mueven. Y hay pastillas sin efectos secundarios. Los tiempos avanzan que es una barbaridad —dice Carmen.

—No puedo dejar a Alfredo solo.

—He oído tonterías en mi vida, pero esa supera a todas —asegura Elsa.

—Los cruceros son carísimos; yo no me lo puedo permitir, son para millonarios —insisto de nuevo en mis reticencias.

—Dos pobres hacen una millonaria. Estás invitada por tu próximo cumpleaños —replica Elsa.

—Tú pagas los gin-tonics, eso sí —dice Carmen.

—Yo me encargo de colar en el equipaje un par de canutos terapéuticos, tengo receta —añade Elsa.

—Y yo de los condones, aún más terapéuticos. Ahora con la viagra los hay dispuestos a morir en el campo de batalla —asegura Carmen.

Rompen a reír. Están como un cencerro.

—De aquí no nos movemos hasta que venga el soso de tu

marido. A ver si tiene cojones de poner alguna pega delante de nosotras —dice Elsa.

Carmen empieza a remar como si fuese una gondolera. De pronto todo me parece falso, irreal. Me están montando una película como esa del italiano que engañaba a su hijo en un campo de concentración para hacerle creer que todo era un concurso.

—Estoy bien, chicas. No os preocupéis por mí, de verdad. Soy feliz aquí con mis tonterías de todos los días. No tengo ganas de locuras.

—No lo hacemos por ti, sino por nosotras —dice Carmen.

—Estamos convencidas de que eres la que va a vivir más, y antes de marcharnos para el otro barrio queremos disfrutar de tu compañía —asegura Elsa.

—Tengo que ponerme a hacer la comida, en serio. Alfredo solo tiene dos horas y su siesta es sagrada. Dejad que lo piense y os digo algo mañana.

—Nos quedamos aquí hasta que tu marido llegue, le vamos a hacer una oferta que no podrá rechazar —dice Elsa, se levanta y saca una botella de anís del aparador.

Tengo dos opciones: o echarme a llorar, o dar un lingotazo a la botella. Carmen saca unos vasitos y enciende el equipo de música. Suena la cinta de Julio Iglesias.

—Quita esa horterada —protesta Elsa.

—A los Ramones aquí no los vas a encontrar —le advierte Carmen.

La otra revuelve entre las cintas hasta que encuentra una de nuestro amigo David Pereira. Sube el volumen a un nivel que se debe de oír desde la calle. *El balandro dorado*... «La sal del verano en tus lágrimas». Le pego otro lingotazo al anís.

—¡Quita eso que Aurorita se está emocionando! —chilla Carmen.

Es verdad, qué de recuerdos. Elsa se acerca y me besa en la mejilla. Carmen llega con un tablero de parchís que estaba en el cuarto de Lorenzo. Nos ponemos a jugar. Tomo ventaja, me salen dos cincos, bloqueo mi salida y se forma una escabechina detrás. Cuando ya no me queda otra que abrir, Elsa tiene oportunidad de comerme y mueve piadosamente otra ficha. La devuelvo a su sitio, hago que me coma y le pego un trago a mi copita. Entre el fragor de la batalla y el alcohol no nos enteramos de la llegada de Alfredo hasta que la música se apaga de golpe.

—¿Os habéis vuelto locas? —nos pregunta perplejo.

Miro el reloj junto al televisor, son las dos y cuarto. Noto la mano de Elsa que me sujeta por el muslo. Alfredo se fija en la botella, ya casi vacía. No da crédito. Me pongo en pie.

—Chicas, otro día seguimos.

Se produce un silencio tenso, hasta que Carmen reacciona y comienza a recoger a toda velocidad. Elsa saca un botellín de la nevera, sirve unas patatas fritas en un bol y se lo pone a Alfredo en la mesita frente a la tele. Carmen la enciende y busca un partido de fútbol.

—No le gusta el fútbol. Son las motos lo que le va —le advierte Elsa.

Alfredo las ignora y se marcha al cuarto de baño. Apago el televisor, les pido con gestos enérgicos que se marchen y corren a por sus abrigos. Voy a la cocina, pongo una sartén al fuego y saco el pescado. Las chicas me dicen adiós con la mano y, antes de salir, le dejan a Alfredo, junto al botellín, el folleto del crucero. En cuanto oigo la puerta de la calle lo agarro y lo tiro a la basura, justo en el momento en que Alfredo sale del cuarto de baño. Observa alrededor con gesto de disgusto, coge la cerveza y mira por la ventana en sin decir nada. No tardo en tener listo el pescado y la ensalada. Lo llevo a la mesa. Comemos en silencio.

Lorenzo

Este viaje al pueblo, con la complicidad de mamá y Silvia, podría ser una buena oportunidad para que yo normalizase las cosas con papá, pero tenemos otras prioridades. Está claro que la enfermedad de mamá lo ha trastocado todo. Ya llegamos, mira que tiene curvas esta carretera, qué mareo. San Pedro del Cega, el maldito pueblo de Pepe Castillo, el primer hijo de puta que se dio cuenta de que yo era distinto y mi martirio secreto de todos los veranos. Qué bien que se matase con la moto. Lo siento por sus padres, pero era un hijo de puta. Bueno, el padre era otro malnacido que pegaba tiros a los gatos. Qué raro se ve todo. Las calles resultan irreconocibles, han construido aceras, las fachadas están arregladas, hay árboles en flor, niños que corren. Nos detenemos frente a la que era la casa de los abuelos, que ahora es nuestra. Creo que solo he venido una vez desde que se reformó, desde que murió la abuela. Una tabla protege la parte inferior de la puerta, han crecido cardos en el borde de la acera.

Papá se baja e inspecciona con mirada concienzuda. Unos vecinos nos saludan a gritos desde su casa, al fondo de la calle; son de fin de semana, sus hijos nunca fueron peligrosos.

Papá retira la tabla de la entrada, abre con un manojo de llaves y empuja la puerta. Está hinchada por la humedad, roza en el suelo y se queda atascada en mitad del recorrido. Intuyo que el fin de semana se va a convertir en una sucesión de tareas de mantenimiento. Silvia y mamá sacan las cosas del maletero. En el suelo del salón, junto a la chimenea, hay un nido boca abajo y dos polluelos muertos y secos.

—Qué horror —murmura Silvia.

Son dos esqueletos diminutos, frágiles, con el pico abierto. Huele a humedad, a casa cerrada. Papá abre las ventanas; entra el sol en diagonal, hace brillar el polvo en suspensión. Mamá va a la cocina a por una escoba y barre los restos de los pájaros. Silvia pasa a nuestro cuarto. Voy tras ella. La estantería con sus muñecas y mis cuentos de Tintín. Abro la ventana, regreso al salón, le quito la escoba a mamá y me pongo a barrer. Silvia busca un cubo, lo llena de agua y friega. Papá enchufa la nevera, mamá saca la comida de las bolsas. En menos de una hora la casa está lista y nos sentamos en la terraza al sol con unas cervezas. Todo es a la vez raro y cotidiano. Propongo, sin pensarlo, dar un paseo hasta una cascada que hay colina arriba. En verano, antes de comer, subíamos con frecuencia a refrescarnos. Nadie responde, bebemos de nuestros botellines. Mamá está lejos de poder hacer algo así. Me vuelvo hacia el sol y cierro los ojos.

El reloj de la iglesia da dos campanadas. Mamá se levanta y va a por el mantel. Saco los platos del aparador, Silvia coloca los cubiertos. Comemos una tortilla de patata y unos escalopes que ha hecho mamá esta mañana antes de salir. Se nubla, comienza a soplar viento y nos metemos en el salón. Papá enciende la chimenea; el fuego crepita, nos invita a sentarnos alrededor. Silvia coge una manta y se acurruca junto a mamá. Yo lo hago en un sillón, estiro los pies para acercarlos a las llamas. Busco, una vez más, la enfermedad en internet y solo encuentro los malos pronósticos que ya conozco.

—Mamá se va de crucero el mes que viene —salta de pronto Silvia.

Noto que papá, aunque está de espaldas pendiente de que los troncos no rueden fuera, se tensa.

—No me voy a ir a ningún sitio —responde mamá.

—Claro que te vas a ir. ¿Verdad, papá, que se va a ir?

No contesta, reordena los troncos ayudado por unas tenazas. Pregunto qué es eso del crucero y Silvia me lo explica. Aunque me da miedo que mamá pueda sufrir una crisis en mitad del mar, no digo nada; por suerte, ella no parece dispuesta a una aventura así. Silvia insiste en que tiene que divertirse más, vivir el presente.

—Tendrán que llevar un camión de anís —murmura papá.

Creo que solo lo he oído yo. No sé por qué lo dice. Tocan a la puerta. Nos quedamos callados, extrañados, hasta que papá se levanta para abrir. Es el vecino que antes nos saludaba a gritos. Viste pantalón corto, pese al frío, e irradia una jovialidad que siempre me ha parecido falsa. Tras besar a mamá y asegurar que Silvia está cada día más guapa, me da una colleja.

—Te va a tocar currar por una vez en tu vida. La tumba de tu abuela está hecha una pena —me dice. Se vuelve hacia papá y añade—: Se ha caído la cruz, la semana pasada hubo un vendaval.

Se lamenta también de lo poco que hace el alcalde, de lo altos que están los impuestos y de que ha cerrado el único bar del pueblo.

—A los cementerios es mejor no ir de noche —nos aconseja entre risotadas—. Si queréis os echo una mano.

Papá se marcha con él y tiene la delicadeza de no pedirme que los acompañe.

—Ni se os ocurra enterrarme aquí —dice mamá en cuanto nos quedamos solos.

—No te vamos a meter con tu suegra, no temas —intenta bromear Silvia.

Me acerco más al fuego, froto una mano contra la otra. Silvia levanta la manta por un lado para hacerme hueco.

—Ven —me pide.

Mamá me mira también con cariño. Voy a su lado, no me he portado bien últimamente, para qué negarlo. Silvia se aprieta contra mí, entrelaza sus dedos con los míos. Su piel fina, el calor de su aliento junto a mi oreja. De repente, me da un mordisco en el hombro y comienza a hacerme cosquillas. Me levanto de un salto. Se parte de risa.

—Ay, hija, qué tonta eres, con lo a gustito que estábamos —protesta mamá.

—Vuelve aquí, hermanito, que no te va a pasar nada.

—Como para fiarse.

—Venga, tonto.

Obedezco, y se acurruca de nuevo contra mi hombro. Los chasquidos de la madera que se parte en brasas incandescentes, mis manos aún frías, el olor a humedad de la manta, mi cara caliente. Cierro los ojos y consigo adormilarme.

[illegible]

Nada me ha costado tanto [illegible] de [illegible] a [illegible] de [illegible] tan [illegible] por [illegible] hay [illegible] maneras. Cada día elijo [illegible] me propongo [illegible] de cabeza. O algo [illegible] nuevo [illegible] ordenador y [illegible] en la [illegible]. llevo sentada una hora y sólo he [illegible]. Me [illegible] que el Albertito me ha dejado plantada esta vez. [illegible] un pedazo de tarta de chocolate. [illegible] lo [illegible] que [illegible], o sea que mejor disfruto. Vale, tampoco me puedo [illegible]: tengo un buen historial; empecé jovencita, esa es la verdad. Al primero, al fracaso inaugural, lo conocí en el instituto. Ni siquiera era un hombre, tenía quince años, como yo, y nos habíamos bebido medio litro de ron. Fue un mero instrumento para pasar el mal trago. Luego vino Richi, al que sí se puede considerar ya mi primer novio, y al que conocí también en el instituto, al año siguiente. Era el solitario de la clase. Con él me comprometí por primera vez una noche entera, abrazados, acostados hasta el amanecer. Regresé a casa escocida. Lo

Silvia

Nada, no hay forma de averiguar algo sobre el maldito pulsador; menudo negocio hay montado alrededor de las personas mayores. Otro día sigo, se me ha puesto hasta dolor de cabeza. O que investigue Lorenzo, se le da mejor. Cierro la tapa del ordenador y observo la cafetería. El camarero me mira raro, llevo sentada una hora y solo he tomado un té. Me temo que el Albertito me ha dejado plantada otra vez. Pido otro té y un pedazo de tarta de chocolate. Follo lo mismo gorda que flaca, o sea que mejor disfruto. Vale, tampoco me puedo quejar, tengo un buen historial; empecé jovencita, esa es la verdad. Al primero, al fracaso inaugural, lo conocí en el instituto. Ni siquiera era un hombre, tenía quince años, como yo, y nos habíamos bebido medio litro de ron. Fue un mero instrumento para pasar el mal trago. Luego vino Richi, al que sí se puede considerar ya un primer novio, y al que conocí también en el instituto, al año siguiente. Era el solitario de la clase. Con él fue con quien pasé por primera vez una noche entera, abrazados, acoplados hasta el amanecer. Regresé a casa escocida. Lo dejamos porque quisimos probar nuevas experiencias. Qué inocentes. Luego Miguel, este apareció en la facultad, el año anterior a que yo descubriese que la ciencia veterinaria tiene poco que ver con curar gatitos de YouTube. Otro al que instrumentalicé. Manipuladora que es una. Y a este le hice daño. Se enamoró hasta la médula de mí; pobrecito, se pensó que era una perrita a la que cuidar y le salió una tigresa. ¿O era una rata huidiza? Jorge entró en el herbolario a por melatonina. Dos años de relación triangular, de tópicos y mentiras. Relaciones cortas unas cuantas, a algunos no sabría decir ni cómo los conocí, o los mezclaría; sus nombres sí los recuerdo: Hugo, Sergio, Diego, Bosco, John, Teo, Silvio, Matías, Manu, Roberto y el último, Albertito, que me ha dado plantón, está claro: match en el Tinder, cine de Brahim Mohamed *interruptus* y polvo rápido. Eso ha sido todo hasta ahora. Me cago en su puta madre. Los guantes y el gorro, y a pedalear hacia casa de mamá. Lo primero es lo primero: hay que acompañarla al cardiólogo. Mi bici es como los burros, hace lo que le da la gana. Ya que me ha traído aquí, voy a llamar al telefonillo. Si trabaja por libre igual está en casa. No contestan. Cruzo la calle y desde la acera de enfrente veo a alguien que se esconde detrás de la cortina. No sé si me estaré volviendo loca. Ya sé lo que pasa aquí. Lo llaman *ghosting*. Será hijo de puta... De pronto veo salir a una mujer con el perro de él, a un pibón de melena exuberante. Vuelvo a mirar hacia la ventana y vuelvo a ver a alguien que se esconde. Me monto en la bici y me alejo mientras le hago una peineta.

Joder, mamá y Lorenzo ya se han ido, y no tengo llaves. Ese es Javier, viene de comprar el pan. Qué guapo está todo despeinado, aún tiene cara de dormido.

«¿Te sobra algún espermatozoide?», me imagino preguntándole, y me río sola.

—Cuéntame ese chiste —me pide con una sonrisa.

Lo imagino ahora arrancando el pico a la barra y metiéndomelo entre los labios. Estoy mal.

—Yo quiero desayunar lo mismo que tú. Qué cara de felicidad tienes —insiste.

—Me he olvidado las llaves —consigo decir.

—Tengo unas mágicas —responde mientras hace tintinear las suyas.

Entro con él y con la bici, y me doy cuenta de que tampoco puedo meterla en el trastero. No sé qué hacer. Llama al ascensor y me mira con curiosidad. Le explico lo que pasa, y me propone que la deje en el descansillo de casa y espere en su piso a que vuelva mamá. Acepto. No tengo la culpa de que el destino me ponga las cosas fáciles. Me ayuda a subir la bici por la escalera y lo agradezco, con la batería pesa un montón. Nos detenemos en los rellanos, nos miramos a los ojos, y al llegar a nuestro piso me pregunta por mamá. Le contesto que está bien.

—Cuídala, que la veo un poco cansada últimamente —me dice.

En su casa huele a una mezcla de colonia infantil y repollo.

—Cari, vengo con la vecina, que no tiene llaves. No salgas en pelotas —grita hacia el pasillo, y suelta una risita.

Me acompaña hasta el salón y me pregunta si quiero un café. Le digo que no.

—¿Seguro? Me voy a hacer uno.

Insisto en que no.

—Siéntate. Te hago un descafeinado —propone, y se dirige hacia la cocina.

Le oigo trastear. En la mesita junto al sofá descansa una foto de su boda. Debajo de la ventana, un cesto rebosa juguetes. Las esquinas de los muebles tienen protectores de goma. Me levanto y camino en silencio hasta la entrada. Estoy en mi derecho, el *ghosting* está de moda, y este es inofensivo. Bajar la bici es mucho más fácil que subirla.

Escribo a Lorenzo a ver cómo va todo.

> Ya en la sala de espera.
>
> Dónde te habías metido?

Tenía tres mensajes suyos sin leer. Me voy para la tienda. Este negocio no funciona, ni cambio de local ni su puta madre, los clientes me están haciendo *ghosting* también. Lorenzo me escribe para decirme que mamá le ha metido un grito por volver a preguntar por el tratamiento secreto. No puedo evitar alegrarme de que mi hermano pierda puntos de nuevo.

Alfredo

No sé qué tontería de puritanismo le ha entrado a todo el mundo; los calendarios de antes eran mucho más sugerentes, con aquellas chicas tan guapas. En los talleres los que curramos somos hombres, nadie debería venir aquí a decirnos qué hacer. Cuando sean ellas las que bajen al foso que pongan al Brad Pitt o a quien quieran, yo no me opongo, pero estos prados nevados y estas cumbres heladas lo único que hacen es que te entre más frío. A la basura, yo no lo cuelgo, ya todo el mundo mira la fecha en el móvil. Cuánto papel se gasta a lo tonto. ¿Qué hacen los chicos aquí? Me cago en todo, ya han salido del cardiólogo y traen malas noticias, está claro. El polaco, desde el foso, se queda obnubilado con las piernas de Silvia, estoy por tirarle una llave inglesa: desde esa perspectiva le ha debido de ver hasta el hígado, bien lo sé yo. Ella no parece haberse dado cuenta, recorre con la mirada mi oficina. Vale, está desordenada, los meses que estuviste tú aquí esto era otra cosa; qué le vamos a hacer.

—Las noticias no son buenas —dice Lorenzo.

Me quedo callado, eso lo tengo claro desde que los he visto. Silvia se sienta en el taburete que usa el polaco y empuja con el pie mi sillón de ruedas para que me acomode. Obedezco. Lorenzo se queda de pie y me explica que el cardiólogo ha confirmado lo que nos dijeron en el hospital; peor aún, el corazón de Aurora está más dañado de lo que parecía en un principio.

—No hay posibilidad de trasplante, ni medicación efectiva ni nada. Solo queda esperar —termina, y traga saliva.

—¿Y el tratamiento secreto ese que ha pagado? —pregunto.

Silvia me cuenta que quedó con Elsa y no consiguió averiguar nada. Dirán lo que quieran, yo cada vez tengo más claro que la ha engañado un curandero. Le pregunto a Lorenzo por un amigo médico del que a veces habla. Me explica que ya ha contactado con él y que le ha dicho que el especialista de mamá es muy bueno, que podemos confiar en lo que diga.

—Puede que exista alguna causa genética, mamá ha contado que en su familia han muerto varios por problemas cardiacos —añade.

Es cierto, el hermano de Aurora y alguna prima. En cualquier caso, poco consuelo es.

—Hemos hablado en privado con el médico, para no asustar a mamá, y nos ha dicho que el horizonte es de dieciocho meses, dos años como mucho —me cuenta Lorenzo.

Me cago en todo.

—Tenemos que convencerla de que se apunte al crucero —propone Silvia de pronto.

Y dale, que eso no va con ella. Si no se puede hacer nada, no se puede; la solución no es irse de locuras. Es evidente que, con el corazón delicado, un viaje es lo último que debería hacer. Sin embargo, Lorenzo, que suele ser juicioso, parece secundar a su hermana. Está claro que le ha comido el coco.

—Es solo una semana —dice—. Es cuestión de concienciar a las amigas de que no hagan el burro. Lo cual, por otra parte, no va a ser fácil.

—A mamá, en el fondo, le hace ilusión. Pone reparos porque le da miedo dejarte solo. En cuanto la animes ya verás qué pronto se apunta.

Les prometo intentarlo, tengo claro que Aurora se va a negar, no hay peligro de que el disparate salga adelante. Me dicen que ellos se van a dejar caer por casa con mayor frecuencia para que no esté tanto tiempo sola, que tenemos que hacer más actividades en familia, que eso es lo que más la alegra. Aparece el polaco con un amortiguador en la mano y una sonrisa de oreja a oreja; lo primero dedicado a mí, lo segundo a Silvia.

—Es mi hija —le advierto.

Su sonrisa baja de revoluciones, me muestra el amortiguador, ha perdido el aceite. Le digo que ahora llamo al cliente y me pongo en pie.

—Esta tarde hablo con ella, no os preocupéis —prometo para que se queden tranquilos, para que se marchen con la sensación de poder hacer algo contra la maldita enfermedad.

A las dos y diez, con la puntualidad que me caracteriza, estoy en casa. La mesa está puesta como todos los días, y la sonrisa de bienvenida —mucho mejor que la del polaco— también. Dirán los médicos lo que quieran, pero esta mujer no está tan mal, no le hace falta un crucero de últimas voluntades ni tonterías. En una de estas es verdad que su tratamiento funciona mejor que el de los matasanos de toda la vida. En China están empezando a hacer buenos coches, eso ya lo dice todo. Mientras me lavo las manos, ella lleva la comida a la mesa. Ocupo mi sitio y me doy cuenta de la estupidez que acabo de pensar: si la enfermedad no va mal, el motivo para irse con las amigas es mayor. ¿O es al revés? Qué lío más tonto. Las judías verdes están poco hechas y sin sal. Ese sí es mal síntoma. Aurora me trae el salero.

—¿Qué tal en el médico? —pregunto.

—Bien. ¿No te han contado los chicos?

Le digo que no. Me mira fijamente y me pongo nervioso. A esta mujer no se la puede engañar, se las sabe todas; tiene claro que los chicos me han informado, que si he mentido ha sido porque ocultamos algo. Me pongo aún más nervioso, bebo agua. Ella mordisquea una judía verde.

—¿Cuándo te vas a ir al crucero? —pregunto, para terminar de rematar el desastre.

Se endereza en la silla.

—Sí que estamos bien... ¿Qué me quedan, dos meses de vida?

—No, mujer. Es Silvia, me ha pedido que te anime.

Me responde que no tiene ganas, que a veces duda por no hacerles el feo a las amigas, y por dejar de oír a Silvia.

—Gracias de todas formas —termina.

—No, si a mí también me parece un disparate —confieso.

Se queda callada, parece decepcionada. No hay quien entienda a las mujeres.

—No te pongas así, acabo de darte diez años más de vida, no te animaba porque estés en las últimas —intento bromear.

—Muy gracioso.

—En serio, tú misma lo has dicho otras veces: en ningún sitio se está como en casa. Aquí tenemos nuestra vida, nuestras comidas, los fines de semana con los chicos, las aficiones, los caprichos.

Se levanta a por el segundo plato. Son unas simples tortillas francesas, ni queso les ha echado. Me quedo perplejo, miro hacia la cocina, no parece haber nada más.

—Me he quedado sin patatas. Esa es la tortilla que hay, lo siento.

Resoplo, intento no ponerme de mal humor. Esto no es alimento para un hombre que lleva toda la mañana currando. Ella me da también la suya, dice no tener hambre.

—Has de comer, Aurora. Y además tiene que ser una dieta equilibrada. Los huevos no son buenos para el colesterol.

—Eso era antes.

—Da igual. Esto parece un menú de los de tu hija.

—Pues ya sabes dónde están el mercado y la cocina.

Ya estamos otra vez. Devoro las dos tortillas, me levanto a por un par de mandarinas y me voy al cuarto sin lograr disimular la mala leche.

Aurora

En el avión no he pasado miedo, pero este taxista va a acabar conmigo; no sé qué prisas tenemos por llegar al puerto, el barco no sale hasta las ocho. No me atrevo a mirar mucho la ciudad. No es sensato adentrase durante una semana en el mar tras insultar la memoria de mi padre, él habría preferido que lo quemasen en una hoguera antes que poner el pie en la cuna del Barça. Hubo que cantarle el himno del Madrid en el entierro. Al cura no le hizo gracia, lo consintió porque era su benefactor principal, los arreglos de la torre de la iglesia los había pagado él. De algún sitio he tenido que sacar yo las locuras. A misa no iba, quería comprar la paz eterna a base de talonario. La Semana Santa sí se la tomaba en serio, sobre todo el Domingo de Resurrección. Ese día eran todo alegrías, tiraba cohetes desde la terraza de casa cuando pasaba la Virgen, y me explicaba que antes habíamos visto la procesión en silencio, con el féretro, y que unas horas más tarde Jesucristo estaba vivito y coleando. Sus últimos días los pasó escondido bajo la sábana llorando, debió de dudar que sus inversiones sirviesen para algo. Nunca le he reprochado su falta de entereza, y eso que ahora tengo claro que a una criatura de diez años, que eran los que yo tenía entonces, no se la puede someter a una cosa así, un padre no puede perder la dignidad. Ya estoy con pensamientos fúnebres y hemos venido aquí de fiesta. Carmen no hace nada más que contarle chistes verdes al taxista, por eso debe de ir tan rápido, para librarse de nosotras. Yo vengo de paquete, solo me han dejado coger las medicinas y un poco de ropa. A ver qué tal sale esto.

El barco, visto desde abajo, es bonito, no es de esos gigantescos que parece imposible que floten. Nos hacemos una foto y Carmen la cuelga en el grupo de familiares que ha hecho para el viaje. Mucho presumir de locas y luego no pueden dar un paso sin contárselo a los suyos. A mí me habría dado igual no decir nada a Alfredo, se lo tendría merecido. Bastante que le he dejado su menú marcado día por día en el congelador. En fin, a lo hecho, pecho. Qué recepción, esto parece un hotel más que un barco. Y te llevan la maleta a la habitación; al camarote, mejor dicho. Menos mal que Elsa y yo compartimos el doble; tienen razón, es mejor que no sea yo la que esté sola. Me tumbo en la cama, Elsa lo hace en la suya y estamos un rato en silencio con la vista fija en el techo. De fondo se oye el runrún de los motores. De vez en cuando un niño corre por el pasillo y hace temblar el barco entero.

—¿Nunca te has arrepentido de dejarte liar? —me pregunta Elsa.

—No empieces, que ni siquiera hemos salido del puerto.

—Me refiero a lo del ruso.

—Eso no va a funcionar ni de coña; o sea que estate tranquila.

—Pues entonces te han timado.

—Vale, pues a lo mejor funciona. Y entonces voy a pasármelo pero que muy bien.

—Fue una canallada lo que os hizo el padre de David. Nunca me gustó ese hombre, se creía un marqués. La gente del pueblo le parecíamos chusma.

—Me rompió el corazón, sí. Pero la venganza es un plato que se sirve frío.

Se queda pensativa. Yo creo que en el fondo le doy envidia. En una de estas termino por conseguir que se apunte.

—Mi padre creía en la resurrección, en la que predican los curas. ¿Tú crees que esto es parecido? —le pregunto.

—Espero que no porque vas para el infierno directa.

Suelto una carcajada. Menos mal que tenemos estos momentos. Nos quedamos otro rato en silencio, con la sonrisa puesta, hasta que cambio de tema y pregunto:

—¿Tú sabes de alguien que se haya hecho la fecundación artificial?

Me cuenta que una vecina suya tiene gemelos, cree que son de eso, pero no está segura.

—¿Silvia? —me pregunta al final.

Le digo que sí y ya me lanzo:

—¿Tú te la habrías hecho si hubieses podido en nuestros tiempos?

—No lo sé. Nunca he sido muy niñera, ya lo sabes.

—Si me pasa algo, ¿ayudarás a Silvia? Criar a un hijo sola no es fácil, y con Alfredo no se puede contar para esas cosas.

Se cambia de cama, se tumba a mi lado y me coge la mano.

—Eres muy valiente —me dice.

Se oyen más carreras en el piso superior. Este viaje promete, como para traer a Alfredo. Llaman a la puerta. Es Carmen: que si subimos a la piscina, que dentro de poco zarpamos y se ve Barcelona y el atardecer. De buena gana me quedaría aquí tumbada, pero hago un esfuerzo, no tengo derecho a amargarles el viaje.

La vista merece la pena, tenían razón. La estatua de Cristóbal Colón, el paseo con los quioscos de flores, la montaña con el teleférico hasta el mar; la piscina del barco con su bar y sus cocoteros. Sueltan las amarras y nos separamos con suavidad del muelle mientras un grupo de personas dice adiós con la mano desde abajo. Nos hacemos otra foto con la ciudad al fondo. No te enfades, papá, los cruceros salen de aquí, por eso hemos venido, no hace falta que nos envíes una tempestad. En cuanto nos alejamos de la orilla los motores comienzan a rugir, el suelo a vibrar. Hace frío, bajamos al comedor. El bufet está muy bien, pero Carmen dice que no, que el pescado lleva frito un siglo. Si te parece, te lo van a freír aquí delante. Los postres parecen gustarnos a todas, qué golosas somos. Nos vamos a la sala de fiestas. Está vacía, todavía es pronto, dice Elsa. Las luces de colores brillan en el techo. Hay una barra para pedir bebidas, todo está incluido en la pulsera rosa que nos han puesto al llegar. Ellas se toman unas copas, de garrafón, según Elsa, y yo no pido nada, tampoco es cuestión de pasarse. Llega un grupo de viejos franceses con un guía y se ponen a gritar. Algunos se animan a bailar. Lo hacen fatal. Le digo a Elsa que estoy cansada, que me voy a la habitación, pero que se queden ellas. Contestan que se vienen, que la invasión de la tercera edad les ha cortado el rollo. Me enfado, les digo que tienen que aprender a divertirse sin mí, que no quiero ser una aguafiestas, y consigo que se queden. Me cuesta encontrar la habitación, los pasillos son todos iguales; el barco cada vez se bambolea más. Me meto en la cama sin lavarme siquiera los dientes y enseguida me quedo frita. Me despiertan los sonidos de Elsa vomitando en el cuarto de baño. Veo su silueta que da tumbos, ignoro si por culpa del garrafón o de las olas, y vuelvo a cerrar los ojos. De pronto me entra una pena enorme por ellas, por los chicos, por Alfredo, por mí misma. Me cuesta evitar el llanto. Sacarme de casa no ha sido buena idea, ya lo sabía yo. Lo han hecho con su mejor intención, no se han dado cuenta de que para ser feliz lo que necesito son otras cosas. Los experimentos me los reservo para más tarde. Ay, Señor, qué loca estoy.

Nos despertamos en Palma de Mallorca. Aquí sí hago un esfuerzo y me uno a la excursión. Pisar la tierra firme es raro, parece moverse más que el barco. Subimos a un autobús, visitamos la catedral y vamos a una calle de compras donde, a estas horas, está casi todo cerrado. No me apetece volver al barco, cada hora que paso lejos de mi horno, del pollo frito, de hablar con Silvia del tema del nieto, me parece tiempo perdido, y eso es lo único que no tengo. Lo siento por las chicas, no me queda otro remedio que ser un poco egoísta. Les explico que me quiero ir, que no me encuentro bien, que desde Mallorca tiene que haber muchos aviones a Madrid. Dicen que me acompañan, que a ellas tampoco les hace muy feliz el crucero. Insisto en que se queden, en que no quiero amargarles el plan.

—No te podemos dejar aquí sola, entiéndelo —me dice Carmen, bastante seria.

Está enfadada; al final, es la que ha organizado todo, tiene razón. Les digo que no pasa nada, que seguimos con el viaje, que total solo quedan seis días. Elsa me observa con esa mirada llena de cariño que tan bien conozco. Me emociono otra vez. Me abraza, me estruja. Estamos un buen rato así hasta que se separa y me dice:

—Si nos volvemos, va a ser una derrota y te vas a pasar la semana llorando, que te conozco. Esto es como todo en esta vida, solo hay que ir a por ello sin complejos, tirarse a la piscina. A locas no nos gana nadie.

—¡Esa es la actitud! —dice Carmen.

Me agarra de la mano y me lleva al bazar donde nos han traído a comprar disfraces para la fiesta de esta noche. Elsa elige para mí uno de Caperucita Roja y para ella otro de una mujer con ligas y látigo.

—¿Prefieres el mío? —me propone con una risita.

Niego con la cabeza y vamos para la caja. Mejor no ver lo que ha elegido Carmen.

Alfredo

Mira que me lo dejó escrito en las instrucciones: «Saca la comida la noche anterior para que se descongele». Ahora hay que meterla en el microondas, qué se le va a hacer, que me perdone Silvia y su pérdida de nutrientes. Lentejas y pescado con verduras para el lunes. No hay quien entienda el horno este, con lo bien que funcionaba el anterior y sus dos botones. Lo mismo que mi Volkswagen; donde haya una tecla que se quiten estos dígitos, puta manía. Yo qué sé cuánto pesan las lentejas. Hale, a lo bruto, tres minutos. Más cosas en la lista de deberes. Regar las plantas. Pero si las regó todas antes de marcharse; ah, no, las de la terraza, pulverizar agua a los manzanos. Vale, eso sí, igual podemos plantar alguno en el huerto, aquí en la terraza desde luego no van a prosperar. Míralos qué tiernos, sus tallos sinuosos, sus hojas brillantes. Este hijo mío cada vez tiene más pluma; Aurora dirá lo que quiera, pero cualquier día nos da un disgusto. El microondas. Me cago en su madre, las lentejas reventadas contra las paredes. Pues no pienso limpiarlas, bastante hemos tenido esta mañana con la tapicería del Peugeot. Ha sobrevivido media ración, el choricito está intacto, suficiente. El pescado lo pongo solo dos minutos. Las verduras estas son de una bolsa de congelados que vienen ya preparadas. Bueno, demasiado ha hecho la mujer. Las fotos que envió ayer Silvia eran bonitas. No sé qué haría yo si me dijesen que me queda poco en este barrio. Creo que seguir con mis cosas, como tanta gente, y como quiere hacer Aurora, en el fondo. Irme a recorrer el mundo en la moto sí me habría gustado, pero para meterte esa paliza debes tener veinte años. ¿Qué cambiaría de mi vida si pudiese? No mucho. La Vespa no la volvería a dejar aparcada en el barrio aquel en el que vivía Aurora, eso desde luego. A veces me arrepiento de no haber ampliado el taller, pero era meterse en un buen lío. Nunca he sido ambicioso, esa es la verdad. Con mi madre sí me habría gustado estar más tiempo, aunque es ley de vida, ella en el pueblo y yo en la ciudad. Con mi padre no tengo deudas. Todo bien. Era parco en palabras y alérgico a las efusiones. A alguien he tenido que salir. Con los niños he estado lo suficiente, como cualquier currante. He ayudado a Aurora en lo que he podido, que no ha sido mucho, todo hay que reconocerlo. Ella tampoco me ha ayudado a mí en el taller. Cada palo aguanta su vela. No sé qué problema hay en eso. ¿Que a lo mejor Aurora habría preferido montar una empresa de costura? Pues igual, no he sido yo el que se lo ha impedido; de hecho la animé en su día. Se le dan muy bien los trapitos, tiene talento para eso, pero fue ella la que no quiso. Tampoco ha tenido mentalidad emprendedora. Por eso es tan rara esta historia. Las lentejas estaban buenas, aunque al explotar se han quedado pellejonas. A ver el pescado. El agüilla esta que se queda al descongelar es asquerosa. Cambio el plato y asunto resuelto. Está frío, como todo lo que sale del microondas, vaya invento; o eso, o te quemas al cogerlo. Un minuto más hace falta. Me quedo aquí, no quiero otro incidente. No se está tan mal solo, ya lo sabía yo. Cualquier día forro con papel negro los cristales del despacho del taller y me quedo a vivir allí dentro. Una horita al día sin nadie que te moleste debería ser obligatorio, recomendado por los médicos en lugar de tanta agua y tanto paracetamol. Su puñetera madre, qué susto me ha vuelto a dar el puto horno. Y el pescado que se ha desintegrado y las verduritas que parecen confeti... ¡Que le den por culo a todo, ya está bien, coño! A respirar tranquilo en la cama, solo faltaría que encima me diese un infarto. Ya merendaré en el bar un buen bocata de tocino, a ver si me muero y se olvidan de mí todos.

Aurora

Con estos imperdibles hemos apañado la cosa; por lo menos ya tengo un escote normal, no sé qué clase de Caperucita era esta. Las ligas no me las pongo ni borracha, y la minifalda tampoco. Ay, Elsa, qué pinta tiene... Me muero de la risa, parece un domador de circo. Vaya piernas, qué tipazo gasta aún la mujer. Da unos latigazos al aire y me coloca un bastón en la garganta.

—Hazme las trenzas y déjate de numeritos —le pido.

Me siento en la cama, se vuelve y me muestra la espalda. El corpiño es muy bonito, de encaje, pero tiene el culo al aire, como los bañadores esos de ahora.

—Es un poco excesivo, ¿no? —me pregunta insegura.

Le digo que sí y prueba a ponerse encima un pantalón corto de pijama. Le queda un poco estrafalario, pero en eso consiste la fiesta. Con las trenzas no se da mucha maña, se nota que no ha tenido hijas; me va a dejar calva. Me doy cuenta de que tengo que teñirme, se me ven ya un montón las raíces. Tocan a la puerta, casi prefiero no ver lo que hay al otro lado.

—Sin pecado concebida —saluda Carmen.

Está vestida de monja, con una minifalda parecida a la que yo no me he atrevido a ponerme. No sé qué clase de disfraces vendía el chino ese.

—¡Cómo que sin pecado! ¡Al infierno directa! —grita Elsa, y le da un latigazo de mentira.

Mucha piscina es esta para lanzarme yo. Carmen nota mi inseguridad y me da un martillo de plástico de esos de feria. Hace un ruido de lo más desagradable, pero en cuanto les doy unos cuantos martillazos en la cabeza le cojo el gusto. Bailamos un poco por el camarote, que como bien dice Carmen parece el de la película de los hermanos Marx, y nos bajamos para la discoteca. La música está tan alta que te retumba el pecho. Esto no puede ser bueno. Elsa se hace con unas copas y a mí me trae un chupito de whisky; según dice todo el mundo es vasodilatador, beneficioso para el corazón. Me mojo los labios por no llevarles la contraria y chillan como locas. Doy un trago. Qué malo sabe, nunca me ha gustado; sin embargo el calorcito y la alegría que me entran sí están bien. Se acercan los franceses del primer día y comienzan a revolotear a nuestro alrededor. No sé qué le pasa a esta hija mía; en el fondo llevarte a un hombre al huerto es la cosa más fácil del mundo. Le voy a recomendar el bazar del chino este. Me entra la risa. Me termino el chupito. Carmen quiere traerme otro, pero Elsa la detiene. El barco parece moverse cada vez más. Ay, la película aquella, qué bonita, qué romántica, y qué triste, todos en el mar congelados como pollos. El franchute este se está poniendo pesado, toma martillazo. Le he hecho daño, que se fastidie. Elsa aparta a otro con su látigo. Qué música más mala; como la de mis tiempos nada. Allí hay un sitio lejos de los altavoces, que ya no sé si esto es taquicardia o la música. Me siento, cierro los ojos y es peor, el barco se mueve más. Qué alivio, han quitado la música, va a empezar el desfile y los premios. Conmigo que no cuenten. No tiene que ser fácil trabajar de camarero en un sitio así, entre el bamboleo y las tonterías de los turistas, aunque el rubio bien que se ríe con los latigazos de Elsa. La verdad sea dicha, los disfraces más divertidos son los nuestros. Carmen me pide que vaya. Desfilamos las tres entre las mesas. Un tío guarro quiere tocarle el culo a Elsa y se lleva un latigazo en toda la cara. Se levanta enfurecido y le estampo el martillo en las narices. Me intenta pegar una bofetada. Carmen le endiña una patada en los cojones y Elsa lo empuja de vuelta a su silla. Por suerte, uno de los camareros se interpone y consigue que el hombre no vuelva a levantarse. Ganamos el premio, una botella de champán. Yo ni lo pruebo, tengo ya un cansancio que no puedo con mi alma. Al tío guarro se lo han llevado, se ve que estaba borracho. El camarero rubio nos trae otra botella, paga él, dice, sin quitarle el ojo a Elsa. El hombre aún está de buen ver. Bueno, Alfredo tampoco está mal, engordar no ha engordado y lo de cascarrabias le venía de fábrica. Ya lo decía mi madre: «Fíjate bien en tu suegro que eso es lo que te encontrarás en el futuro».

—¿Me lo follo? —me pregunta Elsa al oído.

Qué burra es. No me hace ni gracia.

—Al cuarto no lo traigas —le digo.

Suelta una risita y engancha con el látigo por el pie al hombre. Yo le endiño con el martillo en la cabeza. El tío se lo toma a risa. Al final nos lo estamos pasando bien. Vuelven a poner la música a toda pastilla y se van las dos a bailar. Me uno a ellas, qué locura. Hacía un siglo, o mejor dicho, quince bodas, que no bailaba, con lo que me gusta. Y lo bien que se me da, a qué negarlo. Las chicas me jalean y me crezco. Me quedo sin aliento. Si de algo hay que morir que sea de esto. Ponen un bolero y el camarero baila conmigo. Sé que es para disimular, que en cuanto pueda se va con Elsa, pero me gusta, lo hace bien. Así. Elsa y Carmen bailan juntas. Así. El camarero se desconcentra y lo tengo que guiar. Como David no he vuelto a encontrar ningún bailarín. Por algo era músico. Empiezo a notar que el corazón no me da abasto, que brinca como si quisiese salirse, y le paso el hombre a Elsa. No lo hacen mal. Carmen se busca a un francés y yo me quedo en mi rincón. Ahora sí que ya no doy más, me entra un sueño tremendo de repente. Estoy un rato tranquila hasta que me escabullo al camarote.

La cama, pese al whisky, está más quieta que la primera noche. Me lavo los dientes, me deshago las trenzas y me quedo dormida rápido. Me despierta Elsa al abrir la puerta dos horas más tarde, se tira sobre la cama sin quitarse el disfraz. Menuda peste a sudor y alcohol.

—¿Te lo has follado? —pregunto.

Si hay que ser bruta se es. Se ríe, resopla.

—Era maricón.

—Se dice gay. Y no lo era, lo sabes de sobra.

—He quedado mañana para tomar algo cuando termine su turno.

Se levanta, se quita el disfraz y se mete en la cama como Dios la trajo al mundo.

—¿Qué tal mi sobrino favorito? ¿Habéis hablado ya con Alfredo?

Respondo que no, que mi patatús ha trastocado todo.

—No hay prisa —me dice.

Tampoco ella parece darse cuenta de que yo sí la tengo. Estamos un rato en silencio, hasta que de pronto la oigo roncar, primero bajito, como un silbido, luego cada vez más fuerte. Chisto, como le hago a Alfredo, y no reacciona. Agarro el martillo y le atizo en toda la frente. Da un brinco que casi se cae de la cama, tarda en entender qué pasa, y por suerte se lo toma con guasa. Qué prontos tengo.

—Te vas a enterar tú, pecadora —me amenaza a la vez que agarra el látigo.

Me escondo bajo la sábana y noto que me da un par de golpes con cuidado. Luego de nuevo silencio. Y otra vez el silbido. Me tapo con la almohada y consigo dejar de oírla.

Lorenzo

¿De dónde habrán sacado el dinero para montar una cosa así? El edificio de tres plantas de cristal y acero, los jardines cuidados, las garitas de seguridad. Saco el teléfono, y en cuanto hago una foto aparece un vigilante. Me observa en la distancia, saca su teléfono y me devuelve la foto. Un festivo y a estas horas es normal que la empresa esté vacía, lo cual no quita para que todo tenga una pinta más que inquietante. No sé por qué Silvia no me ha contado esta historia antes. Camino hasta la esquina. En la parte trasera se ven unos depósitos blancos, probablemente llenos de algún gas. Les hago también una foto, la amplío y no consigo descubrir nada. Es bien raro que ni siquiera tengan una web, a lo mejor están en el internet oculto. Mucho se habla de los peligros que entraña internet para los niños y muy poco del que puede suponer para las personas mayores. Al otro lado de la valla aparece un pastor alemán y me ladra furioso mientras da saltos. La alambrada parece sólida. Continúo recorriendo el perímetro, y el perro me sigue hasta que una tela metálica interior se lo impide. Junto a los depósitos hay un aparcamiento grande, para unos treinta coches, vacío, a excepción de un Ferrari rojo. Llego a una zona con varios compresores enormes de aire acondicionado, enormes, que emiten un intenso zumbido. Regreso a la parte delantera. Ya no está el vigilante, ni el perro. La entrada, de mármol blanco, emana un lujo sin ostentaciones. Sobre ella brilla el rótulo de lo que debe de ser el nombre del laboratorio: CRIOFUTURO. La última O parpadea, se apaga durante varios segundos para emitir luego flashazos anómalos. Oigo unos gruñidos, me vuelvo y descubro al vigilante con el perro sujeto de una cadena. Me observa a unos diez metros, sobre la acera.

—¿Le puedo ayudar en algo? —me dice.

Le pregunto si tienen una oficina de atención al público y me responde que es domingo. Le digo que volveré otro día, y ni me contesta ni se mueve.

—Espero que sus comerciales den menos miedo que usted —le suelto.

Sigue sin inmutarse. Decido alejarme. El viento arrecia por momentos, me subo el cuello del abrigo y meto las manos en los bolsillos. No se ve un alma. Las naves y los edificios vacíos se extienden a los lados. Camino un buen rato sin encontrar signos de vida, pero convencido de que decenas de ojos me vigilan tras las praderas y los mármoles. La avenida desemboca en otra más grande, llena de solares vacíos. Al fondo se ve ya el campo. Solicito un VTC y espero. Oigo el rugido de un motor y veo el Ferrari atravesar la avenida paralela como una exhalación. Segundos más tarde suena un frenazo y un estruendo de cristales rotos. Acelero el paso, se oyen gritos. Corro. El Ferrari está debajo de mi VTC, como si un niño hubiese estado jugando con los coches. Los conductores, aún dentro, se gritan y se insultan. Ninguno de los dos parece poder abrir la puerta, están abolladas. Auxilio primero al de abajo, al del Ferrari, que tiene que salir por la ventanilla. Se duele en una mano, rodea los coches mientras da patadas al suelo. Me suena de algo, lo he visto en algún sitio. Es un hombre joven de ojos azules vestido con un traje caro. Ayudo al de arriba, le pido que intente salir por una puerta trasera. Obedece, es un latinoamericano de complexión pequeña. Lo primero que hace al pisar el suelo es hacerse una selfi con los coches. Por suerte, una vez liberados, los dos conductores han decidido ignorarse. Desde el fondo de la calle veo venir corriendo al vigilante con el perro. Me marcho. La aplicación me advierte de que mi conductor me está esperando en el lugar de encuentro, de que puedo incurrir en gastos adicionales. Llamo a un taxi. Sergei Barat. El tipo del Ferrari se parece al hombre con cara de espía que me mostró el buscador cuando empecé a investigar este laboratorio.

Alfredo

Era un disparate, estaba claro. Si alguna vez me hiciese alguien caso otro gallo cantaría. Ha vuelto peor de lo que se marchó. El plan de hoy es más razonable, más tranquilo, aunque tampoco habría pasado nada si hubiésemos comido en casa como siempre; a ella cocinar le da la vida, está harta de decirlo, no sé qué manía tienen los chicos de meterse en nuestras cosas. Pero bueno, es verdad que necesita que le dé el sol, y hacía lo menos quince años que no venía al club. Qué cara ha puesto Juan cuando la ha visto; no ha dicho nada, pero le he leído el pensamiento: qué vieja está. Él no se ha mirado en un espejo. Voy a echar otro vuelo y recojo, que me espera un solomillo de esos que no se lo salta un torero. Meto toda la potencia, utilizo los cincuenta metros de pista para coger velocidad y despego con un ángulo suave. No puedo ver bien a Aurora, pero estoy seguro de que no le quita ojo al modelo, ha dejado de pasar las páginas de la revista. Decido asustarla con una barrena, corto motor, cruzo los mandos y el avión cae en picado mientras gira como loco. Apuro hasta que estoy a tres metros del suelo y remonto con seguridad, trazando una diagonal limpia. Cojo confianza y me coloco en vuelo invertido. Solo hay que estar concentrado, recordar que para subir hay que darle al mando de bajar. Alfredo, tranquilo. El solomillo mejor a la brasa, nada de salsa de pimienta ni tonterías. Pasada por encima de la pista. Juan y los demás deben de estar flipando en colores. Nueva pasada, a ver si consigo rozar con el timón en el suelo. De guarnición patatas fritas en un plato aparte, que si no se mojan con la sangre del solomillo. Desciendo demasiado, tiro de profundidad y en lugar de subir bajo, por algo es vuelo invertido. El morro roza el suelo, la hélice se parte y el avión sale despedido hacia la zona del público. Juan y los demás socios corren a los coches para protegerse. No puedo evitar el impacto a escasos centímetros de la silla donde está Aurora, y el precioso Sukoi rebota y se desintegra contra la rueda delantera de mi coche. Corro hasta allí. Me tiemblan las manos. Hacía años que no teníamos un accidente así en el club. Por fortuna, nadie ha resultado herido. Aurora, de pie junto a su silla, tiene la boca abierta. No se ha salvado ni el motor, el choque contra la llanta lo ha partido.

—*Pa habese matao* —dice Pedrito.

No me hace ni puñetera gracia. Desconecto el receptor y la batería antes de que se monte un cortocircuito. Me agacho debajo del coche y descubro un trozo de ala entre los amortiguadores, astillas por todos lados. De pronto, en la franja horizontal de visión entre el suelo y el coche, veo caer a Aurora. Su cabeza rebota contra la arena como a cámara lenta; levanta una nube de polvillo. Al incorporarme me doy en la nuca con el tubo de escape. Aturdido, veo cómo Juan y Pedrito la agarran de un brazo y le dan la vuelta. Tiene los ojos en blanco, el pelo lleno de arena. Consigo salir y voy junto a ella. Le doy tortitas en la cara. Juan le levanta las piernas.

—Es una bajada de tensión —intenta tranquilizarnos.

Hizo un curso de primeros auxilios hace unos años. Pedrito le abre los párpados a Aurora para mirarle las pupilas. Ha visto muchas películas, es fontanero. Ninguno conoce los problemas cardiacos de ella, eso también es verdad. Meto una mano por debajo de su espalda y la incorporo. Tose débilmente. La ayudamos a sentarse en el suelo, la sujetamos por los hombros. Abre por fin los ojos y nos mira desorientada. Pedrito la abanica con un trozo del ala rota.

—Hay que llevarla al hospital —dice Juan.

Pedrito propone ir en su coche pero me niego. Conduce peor que un loco; Aurora no sobreviviría a un estrés así y puede que yo tampoco. Decido ir en el mío, recojo los restos del avión a toda prisa y sentamos a Aurora en su sitio. No ha abierto el pico desde que se ha despertado. Juan se ofrece a venir con nosotros, le digo que no hace falta y arranco sin pensarlo. Recorro a toda velocidad los caminos de tierra que salen del campo de vuelo, levanto una polvareda que me deja el coche hecho una mierda y salgo a la autopista. Pronto me doy cuenta de que me he equivocado al no dejar venir a Juan, Aurora no está bien, se inclina hacia mí y la tengo que sujetar. Doy un bandazo y el gilipollas de un Mercedes me pita. Empujo a Aurora hacia el otro lado y se queda apoyada contra el cristal. Acelero. Tomo una salida que creo que va directa a un hospital y me descubro en una autopista de circunvalación. Cada vez estoy más nervioso. Intento concentrarme, como hace un rato cuando volaba en invertido, y estoy a punto de salirme de la carretera al recordar las consecuencias que ha tenido mi osadía. Aurora sigue inmóvil, aunque parece respirar. Nuevo bocinazo, ahora un camión. Al final nos vamos a matar. Descubro un poco más adelante un coche de la Guardia Civil. Por suerte no me han visto. Reduzco la velocidad hasta que me doy cuenta de que de nuevo estoy haciendo las cosas al revés. Doy un pisotón al acelerador, los rebaso sin contemplaciones, enciendo los intermitentes de emergencia y agito la mano por la ventanilla para que los agentes se detengan. Me aparto al arcén y veo por el retrovisor que me siguen. Al parar se me cala el motor, voy en quinta y ni he pisado el embrague. Salto del coche. Me ordenan con un gesto que me quede donde estoy. Se aproximan con lentitud, uno detrás del otro. Les grito que mi mujer está mal, que hay que llevarla al hospital. Se acercan a la ventanilla de ella y en cuanto la ven se activan, me preguntan qué ha ocurrido. Les explico que está mal del corazón. Parecen dudar, insisto en que hay que ir al hospital sin perder tiempo. Me piden que los siga, corren al coche patrulla, encienden las sirenas y salen a la autopista. Los vehículos se apartan a nuestro paso. Me siento importante, me emociono, se me humedecen los ojos. Aurora emite un gemido. Los guardias pegan un frenazo y a punto estoy de tragármelos. Salimos por un ramal y tras una rotonda llegamos a un gran hospital. Nunca he estado aquí, no me suena de nada. Nos detenemos junto a la entrada de urgencias. Uno de los guardias entra en el edificio, el otro camina hasta la puerta de Aurora.

Lorenzo

Pido al taxista que acelere un poco y lo hace, incluso rebasa el límite legal. Al llegar le doy una buena propina y corro hasta la sala de espera. Papá, con mirada ausente, está sentado frente a la puerta. Nadie le ha dicho nada aún. La historia se repite. Voy a investigar. Las enfermeras son amables, aguantan con paciencia mi tono impertinente, pero no saco nada en claro, salvo que hay que esperar. Regreso junto a papá. En la sala hay solo cuatro o cinco personas con gesto aburrido, el único estresado soy yo. Llega Silvia, acalorada, y se sienta junto a nosotros. Le explico lo poco que sé.

—Ha sido culpa mía —se lamenta papá.

Nos cuenta que ha tenido un accidente con el avión. De pronto, Silvia se tapa la boca con la mano y señala a dos enfermeros que acaban de traspasar la puerta de urgencias arrastrando lo que parece una pequeña nevera de las que se usan para trasplantes. Solo tengo tiempo de ver el logo de Criofuturo, el puto laboratorio del dueño del Ferrari. Silvia me observa con los ojos como platos, ya la puse al corriente de que estoy muy cerca de la verdad. Esperemos que no sea demasiado tarde. Sigo a los de la nevera; no sé ni lo que hago, atravieso una puerta de acceso restringido. No encuentro a nadie, solo un puesto de enfermería vacío. Se respira una tranquilidad que me hiela la sangre. Al otro lado de un par de puertas se intuyen las camas de los enfermos. No me atrevo a traspasarlas, espero. Sale una enfermera corriendo de una sala y se mete en otra.

—¡Lorenzo! —oigo a mi espalda.

Es Silvia. Me grita que un médico quiere hablar con nosotros. Voy. Ni papá ni el médico están ya donde ella los había dejado. Vamos al vestíbulo de entrada, no los encontramos. Silvia está aún más desconcertada que yo. Aparece un enfermero fornido, con tatuajes, y nos pide que lo sigamos hasta un pequeño despacho lleno de dibujos infantiles. Cada paso que doy las cosas resultan más absurdas. El de los tatuajes nos indica que esperemos allí y se marcha. Hay dos sillas frente a lo que debe de ser la mesa de un pediatra. Silvia, que está temblando, se sienta en el borde de una. Llamo a papá al móvil y no contesta. Llamo a mamá. Apagado o fuera de cobertura. Paseo por el despacho, regreso hasta la sala de espera, al vestíbulo, vuelvo junto a mi hermana..., y encuentro a papá sentado en el sillón del pediatra y a ella enfrente, en la misma silla en la que estaba, como si fuesen médico y paciente. Se han vuelto locos todos. Me miran asombrados. Tomo conciencia de mi aspecto, jadeante, desorientado. Silvia ha llorado; de hecho, aún lo hace. Papá me dice que el corazón de mamá ha dejado de latir. Lo dice así, tan tranquilo, como si hablase del motor de su Volkswagen.

—Ahora viene el médico y nos termina de explicar todo —me informa.

Le doy una patada a una silla, sale volando y se estrella contra su pierna. Se levanta dolorido, endereza la silla, la coloca junto a la de Silvia y me obliga a sentarme. Respiro hondo. Silvia cada vez llora con más fuerza.

Me arrastra a mí.

Aurora

Qué niña más graciosa. Pero si soy yo, las mismas coletas que en mi primera foto, la que me hicieron en el estudio de la calle Cádiz; el mismo vestido de volantes y lunares. Doy saltitos con la comba junto a la piscina, me tropiezo, voy para dentro. Me hundo, no puedo respirar, consigo sacar un poco la cabeza y, entre tosidos, coger un poco de aire. Me vuelvo a hundir, trago agua, agito pies y manos. Los pulmones me van a estallar. Oigo ruidos raros, de buzo. De pronto un tirón en el pelo y regresa el sonido estereofónico, o como se diga. Trinos de pájaros, agua que chorrea, la respiración agitada del tío Luis. Más toses y el aire que entra por fin en mis pulmones. «Mejor no les contamos a tus padres lo que ha ocurrido, que no te van a dejar volver», dice el tío mientras me seca con una toalla. Y tres años más tarde el fiambre es él, el primero de la familia al que le falló el corazón. Qué asco da verlo, parece un muñeco. Lo han puesto en un escaparate como en las rebajas. Adiós, tío Luis. Mi primera comunión, parezco una novia. Este sí que fue un día feliz. Cuántos regalos; el reloj, con su correa blanca; el diario con su llave, también blanco, antes de que una prima lo estropease llena de envidia. Eso no es un regalo, son las compresas que me dejó mamá sin decir nada en el cajón de la mesilla. Dos años estuvieron allí antes de que las necesitase. Esos dolores que me ahorré. Mi segundo muerto, atropellado en la esquina de nuestra calle, sus zapatos sobre los adoquines, sus calcetines de lunares de colores, la sangre en la oreja. «Aurora, no mires», gritó mamá demasiado tarde. Este es David Pereira, cómo me gustaba besarlo, y todo lo demás que hacíamos, a qué negarlo. Cuando me apretaba entre sus brazos yo dejaba de respirar, no me importaba que se acabase el mundo, tan llena, tan completa estaba. Las olas, la sal, la arena. La estela de polvo detrás de nosotros en la moto. La feria, el tiovivo, las pompas que salían cuando soplábamos el anillo de jabón. Las perseguíamos, soñábamos con volar juntos en ellas. Así es el amor. No existe nada más bonito. Con Alfredo en el hotel, qué bonito también, cómo me cuidó. Vuelve la sensación de ahogo, podrían apagar la maquinita de los pitidos, me van a traspasar el cerebro. Silvia recién nacida, llena de grasa y sangre, sus puñitos cerrados, su boca que se mueve ya buscando la teta. Cómo es posible querer a alguien tanto y tan rápido... Por fin nos dan el piso, cuánta luz comparado con el de la calle Peces; aún no estaba el edificio de enfrente, se veía el campo hasta el aeropuerto. El florero de mi madre que se rompió en la mudanza, qué disgusto. Mamá muerta en la cama de la residencia, qué manía con los muertos, y además aquí hay un salto, vaya director malo tiene esta película. Lorenzo en su capazo, ahora sí, en el suelo del patio de la casa del pueblo. La culebra que serpentea por el salón y la Paca que se lía a escobazos. Cuarenta de fiebre que marca el termómetro de la criatura. Que si puede ser meningitis. Abro los ojos, hay que parar esta porquería de recuerdos. Qué daño me hace la mascarilla, podrían aflojar la goma, digo yo. A este me suena haberlo visto donde el ruso, tiene colgado el carnet del laboratorio. Se ve que he conseguido apretar el pulsador. Ojalá el invento funcione. Mira que tenía yo un cuerpo bonito de joven; esto es en la playa, Silvia con cinco años y Lorenzo con dos. Qué monos con sus gorritos. El sinvergüenza de Alfredo hipnotizado con las alemanas. Pues me quito yo también la parte de arriba del biquini, a ver si me mira a mí, que a tetas bien puestas no me gana nadie. Y encima se enfada; no me da la gana ponérmelo, que se lo pongan ellas. Pues vete al chiringuito, que te aproveche, y mira bien las de las alemanas porque las mías nos las vas a tocar en una buena temporada, me tienes harta. Ahora que si bailo como una loca; pues claro, para eso nos hemos tomado un gin-tonic. De todas formas, todo esto es antes de casarnos; ya han desordenado otra vez las cosas. En la primera fila del entresuelo, donde me gustaba sentarme en el cine, eso es *El coloso en llamas*: el tío guarro que se toca y jadea, papá que le da un guantazo que lo tira de la butaca; menos mal que a nosotros nunca nos levantó la mano, qué fuerza tenía. La tarde en que me entró el pánico aquel: los chicos ya mayores y yo siempre sola en casa, normal que me diesen los siete males. Qué buena idea retomar el contacto con las roqueras, nunca se lo agradecí del todo al doctor, mucho mejor salir con ellas que esas pastillas que me dejaban atontada. Alfredo el día que se abrió la ceja y sangraba como un gorrino. Debía de ser aún mi época mala, ni me asusté. Otra tarde de llorar sola en casa: Alfredo que nada más piensa en su taller y en sus aviones. Y yo que me doy cuenta de que ya no me quiere. Le duró el amor un par de años, hasta que nació Silvia. Ahí debió de dar por cumplida su misión en el matrimonio y se ocupó de lo suyo. No te digo, otro muerto, papá en la caja. Y yo con dos coletas y minifalda. Estaba tan enfadada con Elsa porque me había robado al novio que ni lloré. El cupón número cincuenta para comprar la máquina de coser, y Alfredo que no me quiere llevar a recogerla. Lo que sudé desde el metro, mitad de agosto era. El padre de Javier, el vecino. Qué sonrisas, cómo aprovechaba para venir a pedir cualquier cosa cuando Alfredo no estaba. Le tenía que haber dejado que me llevase al huerto. El hijo le ha salido igual de apuesto. David Pereira en la cama del hospital, el pelo blanco, las manos temblorosas llenas de manchas, su voz como un hilillo que se apaga; y el brillo de sus ojos igual que siempre, con destellos de arcoíris, como nuestras pompas. Su padre que llega y le arranca todos los tubos para que se muera, para apartarle de mí. Su cara roja de furia, de odio. Esto no es un recuerdo, es un sueño, no te pongas ahora creativa, Aurora. Aquí está el ruso, el primer día que fui a ver las instalaciones. No, otra vez me estoy liando. Es ahora, si no de qué iba a sentir este alivio al quitarme la mascarilla. De nuevo no puedo mover ni el dedo gordo del pie. El plato que se estrella contra el suelo y se hace mil pedazos y mi anillo de casada que rueda bajo el mueble. Me ahogo, o me ponen el oxígeno o me asfixio. Qué frío hace. Papá que me lanza al aire una y otra vez y ríe. Mis pelos que flotan y yo que grito feliz. Papá que me da un beso cada vez que aterrizo en sus manos y me lanza más fuerte, y vuelo más alto y más fuerte y más alto y más fuerte. Y vuelo y vuelo y vuelo.

Silvia

—Tomen asiento —nos pide el director del hospital.

Ocupamos las tres sillas frente a su escritorio. Este despacho por lo menos tiene muebles de un tamaño normal y ventanas con sol. No deja de sorprenderme que hayamos conseguido recuperar algo de calma. Sin duda este hombre ayuda, transmite autoridad, aplomo. Tiene también algo bondadoso: sus cejas canosas, sus mofletes recién afeitados, su corbata debajo de la bata blanca. En qué tonterías me fijo, en qué tonterías se distrae la mente para huir de la realidad.

—Enseguida llega el representante de Criofuturo —nos informa.

Descubro en su mesa papeles con el logotipo del laboratorio. Papá tiene la mirada perdida en el suelo. Lorenzo, con los ojos hinchados, carraspea una y otra vez. Esperamos un par de minutos en silencio hasta que aparece un hombre alto, rubio, con los ojos azules, guapo como él solo. Nos saluda uno a uno ceremoniosamente y solo yo me levanto de la silla. Sonrío y de inmediato me siento culpable. El hombre me devuelve la sonrisa y se sienta junto al director.

—Imagino que están al corriente de la última voluntad de Aurora —empieza a decir el director.

Lorenzo y yo nos revolvemos en nuestras sillas. Esto no puede estar sucediendo. Se produce otro silencio hasta que papá murmura algo que no llego a entender sobre un testamento.

—Me refiero al plan de criogenización —puntualiza el director.

—¿Crio... qué? —pregunta Lorenzo, ya en alerta máxima.

Papá parece también bajar de la nube. El rubio nos informa con paciencia y respeto:

—Aurora contrató con nosotros hace cinco meses un plan de criogenización. El proceso se ha iniciado en este hospital y culminará en nuestras instalaciones.

—¿Se puede saber de qué coño habla? —salta Lorenzo.

Papá alarga el cuello intentando ver los papeles que reposan en la mesa. El director los empuja hacia él. Como ninguno decimos nada, el representante del laboratorio explica en qué consiste la criogénesis. Se trata básicamente de congelar a las personas para intentar resucitarlas en el futuro. Su puta madre. Mamá, ¿te has vuelto loca? Lorenzo se pone en pie de un salto. Papá examina los papeles con manos temblorosas.

—Necesitamos un abogado —dice Lorenzo al director.

—La decisión de la persona fallecida es la que prevalece en estos casos —nos informa el representante—. Pero permítanme resaltar la gran paradoja que encierra esta frase. Aurora en realidad no ha muerto, no ha muerto completamente.

—¡La madre que la parió! —salta papá.

—¡Usted es un idiota! —chilla Lorenzo.

El otro, que cada vez me recuerda más a un actor de una película de espías, se tensa también y replica:

—Sería conveniente mantener la calma.

—Ustedes no tienen permiso para trabajar en España —le contesta Lorenzo.

Los ojos del hombre parecen de pronto metálicos. Aun así, consigue guardar la compostura, mostrar amabilidad.

—No tienen de qué preocuparse. En Estados Unidos, y también aquí, en nuestra nueva sede, contamos con los mejores abogados. Todo se ajusta a la legislación de cada país. Es posible que oyeran hace un tiempo alguna noticia de las que aparecieron en los medios. Son falsas.

Papá mira a Lorenzo aún sin dar crédito a lo que oye. Yo también tengo una sensación angustiosa de irrealidad. ¿De verdad que en esto consistía el tratamiento secreto, mamá? El director toma la palabra.

—Si los he convocado en mi despacho es para informales de que el hospital está obligado a entregar los restos de Aurora a esta empresa.

Papá de pronto salta de su silla y agarra del cuello al espía, al representante, al ruso, al curandero, a lo que cojones sea este hombre. Él, lejos de emplear algún tipo de arte marcial, se defiende con torpes manotazos. Lorenzo se abalanza sobre ellos, al principio creo que para separarlos, luego descubro que quiere también dar de hostias al ruso. El director y yo intentamos sujetarlos. Por fortuna, papá, que es el único que parecía disponer de fuerza para hacer daño, pierde ímpetu y regresa a su sitio. Consigo que Lorenzo haga lo mismo. No sé cómo me siento; mejor dicho, no lo sabía hasta esta explosión de testosterona: solo quiero llorar.

—¡Sois unos estafadores! ¡Te aseguro que no voy a descansar hasta que nos devolváis el último céntimo! ¡El puto Ferrari te va a salir caro! —grita Lorenzo mientras señala con el dedo al representante.

El otro, rojo como un tomate, se alisa el pelo con la mano, se recoloca la corbata y regresa a su silla. Papá deja caer los papeles al suelo con gesto derrotado.

—Esa es la copia de los documentos que certifican que vamos a hacer entrega de los restos de Aurora. Insisto en que era su última voluntad. En el último de ellos está su firma —explica el director.

Lorenzo recoge papeles, los lee atropelladamente, está claro que no logra entender qué dicen.

—¿Qué clase de proceso es el que se ha iniciado? —pregunta.

El ruso parece recobrar la seguridad en sí mismo y nos informa de que la temperatura del cuerpo está bajando de forma rápida y progresiva. En breve Aurora será trasladada a sus instalaciones en una ambulancia adaptada.

—Quiero ver a mi madre —pide mi hermano.

Papá vuelve a tensarse. Y yo.

—Nuestros médicos trabajan ya con ella —repite el ruso.

—Que no la toquen —trata de advertirle Lorenzo.

Aparecen dos vigilantes de seguridad, con sus trajes negros, sus *walkies* y sus porras, y se quedan junto a la puerta. El asunto cada vez es más surrealista. No puedo contener más las ganas de llorar. Me cago en la puta hostia. Mamá, ¿qué disparate es este?

Lorenzo

La luz del techo del ascensor provoca ojeras en los vigilantes y convierte este viaje en una auténtica bajada a los infiernos. El chamán guapito debe de ser el ayudante del propio demonio, por más que me acabe de esbozar una sonrisa enigmática. No te digo, ahora nos detenemos entre dos pisos. La luz parpadea. Me acerco a la puerta, intento abrir. Uno de los vigilantes me aparta a la vez que habla por la radio. Nos bamboleamos, la luz vuelve a parpadear. ¿Será por culpa de lo que sea que le estén haciendo a mamá, como en las películas cuando conectan la silla eléctrica? Las radios de los vigilantes chisporrotean respuestas que no entiendo. Inspiro con fuerza, el corazón me late cada vez más rápido. El de los ojos azules se confirma como representante del infierno: está en su hábitat natural.

—Sé cómo te sientes. Yo perdí a mi madre hace dos años —me confiesa de pronto en voz baja.

Me importa una mierda. No me creo su empatía.

Aun así, en cuanto el ascensor continúa bajando, me digno mirarlo.

—Acepté el reto de dirigir la delegación en España precisamente por eso. Yo habría soñado con poder ofrecer a mi madre esta posibilidad.

—¿Cuánto quieres por devolverme a la mía?

Me mira desconcertado, y cuando lo entiende vuelve a hacer acopio de paciencia. Las puertas del ascensor se abren y por fin salimos. Atravesamos un corredor con salas anticuadas a uno de los lados y un viejo ventanal en el otro. Oigo algún llanto, huele a flores y a desinfectante con una intensidad que casi hace daño. De pronto descubro ataúdes en varias habitaciones, algunos abiertos; cirios eléctricos. Aceleramos el paso y llegamos a una puerta metálica. Y en el centro de una habitación alicatada hasta el techo con azulejos blancos reposa una camilla. Y sobre la camilla hay un muñeco amarillento conectado a varios tubos. Y a su alrededor dos médicos jóvenes, con sus batas, registran datos en un ordenador colocado sobre una mesita con ruedas. Y de pronto esas ruedas están a la altura de mis ojos. Y me duele la nariz. Y dos manos me agarran por debajo de los brazos y me sientan en un banco en el pasillo de los ataúdes.

—Bebe un poco de agua —me dicen unos ojos azules.

Obedezco. Me toco la nariz, sigue el dolor.

—No es nada —me dicen los ojos.

Los vigilantes, un poco apartados, hablan entre ellos. Inspiro con fuerza. Me tiemblan las manos.

—Quédate con la visión de tu madre la última vez que la viste con vida. Todo esto ya no tiene nada que ver contigo —me dicen los ojos.

Suelto una carcajada, no sé por qué. Él no se ofende; al contrario, me sonríe. Y continúo riendo, cada vez más alto. Lloro de risa. Los vigilantes me observan con curiosidad. La gente del pasillo con reprobación. Los ojos azules me ponen una mano sobre el hombro.

—Volvamos con tu familia.

Papá y Silvia sentados en una sala de espera. Sofás y sillones blancos, en las paredes un par de cuadros con brochazos. Un cartel junto a una puerta: ONCOLOGÍA. Nos han juntado a todos en la sala del horror. Los vigilantes se marchan.

—Me llamo Sergei, no sé si se lo he dicho ya —nos informa el representante del infierno.

Silvia trata de sonreír con amabilidad y me obseva de reojo.

—Dentro de media hora iniciaremos el traslado a nuestras instalaciones —añade Sergei mientras mira el reloj—. ¿Quieren acompañarnos?

—¿Adónde? —pregunta papá.

Su tono sigue siendo de perplejidad. No puedo más. No entiendo cómo mamá nos ha hecho esto.

—¿Puede dejarnos en paz de una vez? —le pido a Sergei.

Se queda donde está, con actitud sumisa.

—Yo quiero ir —dice Silvia.

—¿Estás loca? —protesto.

—Es lo que mamá quería. Tenemos que aceptarlo. No queda otra —me dice a la vez que se pone en pie.

Le pego una patada a una papelera metálica y el golpe resuena por toda la sala. La gente que espera, nuestros compañeros en la desdicha, me mira asombrada. Papá me agarra del brazo y me lleva, con cariño y firmeza, tras los pasos de Sergei y Silvia.

Alfredo

Al final en esta vida todo termina encajando. Aunque en este caso, bien pensado, a la vez que ha encajado por un sitio se ha desencajado por otro. Por eso nunca me he atrevido a abrir una caja de cambios, son engranajes y ejes por todos lados que no hay quien vuelva a colocar en su sitio. Al cerebro de Aurora nadie le había cambiado el aceite y por eso ha terminado por griparse. A lo mejor era yo el encargado del mantenimiento. Mentira, siempre la he cuidado. A veces me he distraído con mis cosas, eso sí; y ella con las suyas. Bueno, Aurora también cuidaba a la vez de nosotros, hay que decir la verdad. Las mujeres siempre han sido muy sacrificadas. Es bien raro el sitio este, Criofuturo, vaya nombre, suena a marca de aire acondicionado. Desguaces Ramírez está por aquí cerca. Hace poco hablaron del tema este de la congelación en la radio, decían que era poco científico. Pero también es cierto que los millonarios no suelen ser tontos. El edificio impresiona. Qué sofás. Todo nuevo, ni punto de comparación con un tanatorio. Caro cobran, que nos lo digan a nosotros; o mejor dicho, que se lo digan a la madre de Aurora que es, al fin y al cabo, quien ha pagado este disparate. A Silvia no es que le tiemblen las manos, tiembla ella entera. Deberíamos haber aceptado los tranquilizantes que nos ha ofrecido el ruso. Cómo se ha pasado la vida, me cago en todo. Se acabaron las comiditas, los botellines en la mesita del televisor, los pies calentitos por las noches. Joder, joder, joder. Vuelve el ruso, ahora con uno de sus médicos. Nos levantamos todos, como si todavía pudiesen contarnos algo que nos importe.

—El proceso continúa sin contratiempos —nos dice el médico.

Su aspecto aniñado, su voz de pito. Me vuelvo a sentar y me viene a la mente, como un puñetazo, la imagen de la carne congelada en las neveras del supermercado.

—Tenemos por delante cerca de tres horas. ¿Han pensado ya si quieren algún tipo de ceremonia? —nos dice el Sergei este.

—¿A una fiesta de resurrección se refiere? ¿Organizamos unas procesiones? ¿Lo sacamos a usted bajo palio? —le suelta Lorenzo.

El otro no contesta. Me mira a mí, busca mi apoyo.

—Yo contrataría una banda de música que nos toque unas marchas de Semana Santa —me dice Lorenzo.

Está cada vez más desquiciado, y me temo que, como bien dice Silvia, no nos queda más remedio que empezar a admitir que esta era la última voluntad de Aurora.

—Hay que avisar a la familia y a las amigas de mamá —advierte Silvia.

Tiene razón. Esa es la puta realidad. Aurora se ha muerto.

—No podemos organizar nada en este sitio, no podemos traer a la familia a un lugar así. O mira, igual sí, que lo organice Elsa, que tanto nos ha ayudado —contesta Lorenzo.

Es verdad que más nos vale ser discretos. El médico se excusa, tiene que volver al laboratorio.

—¿Cuánta gente han congelado aquí? ¿Cuántos clientes tienen? —pregunta Lorenzo a Sergei.

—No me está permitido contestar a eso, lo siento.

—A nadie. Mi madre es su primer experimento, su conejillo de Indias.

—¿Me permiten que les dé un consejo?

Lorenzo va a contestar algo, otra impertinencia, seguro, pero se calla en el último instante. El hombre se dirige sobre todo a Silvia, a él ni lo mira.

—A Aurora no la vamos a volver a ver, al menos en esta vida. Sentirse triste hoy es natural. Hay que pasar el duelo, celébrenlo con normalidad, aquí o donde sea. Pero mientras tanto conviene recordar, de vez en cuando, que existe la posibilidad de que Aurora en un futuro pueda regresar a la vida.

Se queda callado. Hay un silencio raro en este sitio. La verdad es que el tipo habla bien. Esa debió de ser la clave para engañar a Aurora. Continúa:

—Para algunos esa hipótesis es casi nula; para otros, como es mi caso, es muy grande. Como le decía antes a Lorenzo, ojalá yo hubiese dispuesto de este consuelo cuando murió mi madre.

Silvia lo escucha con interés, cada vez está más de su parte, que al final es la de Aurora.

—Les dejo que lo hablen entre ustedes —dice el hombre, y se marcha tras sonreír brevemente a mi hijo.

Camina seguro de sí mismo; se nota que tiene dinero, esos zapatos italianos que resuenan contra el suelo, ese traje que le queda como un guante.

—Podríamos preparar alguna ceremonia bonita aunque no tengamos su cuerpo —sugiere Silvia con la voz entrecortada, y me coge de la mano.

Qué piel tan fina. Qué calentita está. Vuelvo a emocionarme, me seco una lágrima con la otra mano, para no soltar la suya.

—A lo mejor podemos hacer una misa o un funeral para la gente más clásica, y algo en el campo con las amigas de mamá y gente más cercana —propone ahora intentando contener las lágrimas.

Ni a Aurora ni a mí nos quedan muchos familiares, cada uno teníamos un hermano y los dos murieron hace tiempo solteros. Habría que avisar a algunos primos y poco más. Vemos acercarse desde el fondo al médico. Por un momento, temo que traiga malas noticias, que nos diga que no la pueden congelar; hasta que imagino la alegría que supondría poder llevarla a un cementerio. El hombre nos entrega una bolsita de plástico con la alianza de Aurora. La cojo. Prefiero no saber más detalles de todo este despropósito.

—Vámonos —digo a Silvia y a Lorenzo a la vez que me pongo en pie.

—Me gustaría quedarme un poco más —dice ella.

Dudo. Recibo un nuevo mensaje de Juan, el del club; todavía no les he contado nada. Le escribo un escueto «Aurora ha muerto», empiezo a toser y sin saber cómo acabo llorando a moco tendido. Silvia se contagia, aún con mayor desconsuelo. Parecemos dos plañideras. Consigo calmarme y le coloco mi abrigo sobre los hombros para que deje de temblar. Se me pasan las ganas de llorar, no sé ni qué siento. Silvia me quita la bolsita con la alianza y se la pone. Me viene la imagen de Aurora con su tablet, dando a la pantalla con ese dedo torcido y la lengua un poco fuera, feliz de aprender cualquier cosa, y tengo que pedirle a Silvia un pañuelo para sonarme. Vuelvo a decirles que nos marchamos.

Esta vez obedecen.

Lorenzo

Las zapatillas de mamá en el recibidor, sus gafas sobre la tablet, su cepillo de dientes, sus peines. Cojo una bolsa de basura y comienzo a tirarlo todo.

—¡Qué haces! —me regaña Silvia.

Abro un armario, no me atrevo a tocar la ropa. Los zapatos sí, están viejos, con los tacones desgastados de manera desigual, son feos. Recorro la casa en busca de más cosas. Papá se sienta frente al televisor apagado, con gesto ausente. Silvia me arrincona junto a la máquina de coser, me quita la bolsa de basura, me abraza. Me dejo achuchar. Regresamos al salón. Papá ha encendido el televisor; está en su derecho de intentar distraerse, pero me molesta. Silvia le trae su botellín y sus patatas fritas. Él da tímidamente las gracias y traga saliva. Ayudo a mi hermana a preparar una ensalada, o mejor dicho, añado a la lechuga y al tomate, una vez que ella se sirve, atún y huevo, y paso por la sartén unos filetes de lomo. Mientras cenamos, la tele ahuyenta el silencio que parece filtrarse por debajo de las puertas. En cuanto terminamos Silvia insiste en que hay que preparar una lista de gente a la que avisar.

—¿Y qué les enviamos, un folleto de la sección de congelados de Mercadona? —suelto.

Se quedan callados, con la vista fija en el mantel. En la cocina la caldera se pone en funcionamiento y los radiadores comienzan a crepitar. Me fijo en que el reloj que hay encima del televisor se ha parado. Trago saliva, se lo señalo a los demás.

—Lleva así varios días. Es la pila —me dice papá.

Me levanto, lo descuelgo y busco una nueva por los cajones. Papá me observa hacer. Abro y cierro sin encontrar nada, cada vez más nervioso, hasta que él trae una de la cocina. La coloco y devuelvo el reloj a su sitio. Silvia comienza a recoger la mesa.

—Marchaos a casa. Yo estoy bien —nos pide papá.

No contestamos. Está claro que a ninguno de los dos nos apetece ir a nuestros pisos. Necesitamos el calor de la familia, de lo que queda de ella. Terminamos de recoger y nos sentamos en el sofá a ver un concurso de cocina. Toda esta mierda, toda esta locura, ha conseguido que nos olvidemos de que se acabó mamá, se terminó su risa cantarina, su afán por evitarnos cualquier sufrimiento, su huida permanente hacia delante. Huir, huir, huir, saltar al vacío. Mamá, joder.

Al cabo de un rato papá se levanta, dice que se va a acostar.

—Mañana tenemos mucho trabajo en el taller.

—Papá, por favor —protesta Silvia.

—¿Por favor, qué? ¿Prefieres que me pase el día aquí llorando?

—Por lo menos estaríamos juntos —responde ella con un nudo en la garganta.

Papá se acerca, le da un beso en la frente, la abraza unos segundos y se marcha al cuarto de baño. Decidimos pasar la noche aquí, en nuestras habitaciones, y nos quedamos frente a la tele. Silvia apoya la cabeza en mi hombro, le cojo la mano y bajo el volumen. Me quedo dormido hasta que ella murmura:

—Es la una.

Me cuesta entender qué pasa, entro como un sonámbulo en el cuarto de baño. No tengo cepillo de dientes, me froto con el dedo y con la pasta de mamá. Huelo su toalla, con el ribete rosa, huelo su colonia, me pinzo un prendedor de pelo en cada dedo, cierro los ojos. Silvia toca a la puerta.

—Han pasado tus diez minutos —me dice en voz baja.

Salgo. Mi cama está hecha pese a que hace años que no duerme nadie en ella. No me extrañaría que mamá la hubiese dejado preparada pensando en el día de hoy. Me quedo en camiseta y calzoncillos y me meto entre las sábanas tras dejar la puerta entornada.

Silvia sale del cuarto de baño con la bata de mamá y se sienta en el borde de mi cama.

—Creo que estoy empezando a encontrar el sitio desde donde afrontar esto —me confiesa.

—Casi prefiero no saberlo, de verdad, Silvia. No puedo más.

Pone una mano sobre mi pecho, me acaricia un poco y continúa:

—En el fondo es obvio. Mamá necesitaba una segunda oportunidad. Ya te lo dije, no era tan feliz como parecía.

—Todos hemos soñado mil veces con segundas oportunidades. Lo que hay que hacer es luchar por ellas y no dejar que te timen seductores de ojos azules.

—¿Qué podría haber hecho? ¿Divorciarse? ¿Irse con Elsa a recorrer el mundo?

—Mamá nunca soñó con divorciarse. Eso es un disparate. Y no empieces otra vez con tus putos viajes. Me parece que ese no es el sitio desde el que ver nada.

—¿Estás seguro de que disfrutó de la mejor vida posible? Yo creo que no.

—Pues peor para ti. Yo prefiero quedarme con otra imagen. No me apetece esta conversación, estoy demasiado cansado.

—Elsa me dijo una cosa que me parece importante. Mamá no era tonta, tenemos que respetar la decisión que tomó.

—Eso hemos hecho. No nos ha quedado otra. Estoy agotado, de verdad, Silvia. Ya hablaremos.

Me aprieta las mejillas para ponerme labios de pato, me da un beso en la frente y se marcha. Oigo cómo cierra la persiana de su cuarto, cómo cruje el somier. Menudo escándalo montaban cuando se quedaba a dormir el idiota aquel del flequillo los fines de semana que papá y mamá se iban al pueblo. Cierro los ojos, aunque sé que me va a costar dormirme otra vez. Me acuerdo de pronto de la tablet. Me levanto, reviso el historial del navegador y solo encuentro recetas de cocina, visitas a páginas médicas que hablan de su enfermedad cardiaca y unas cuantas más buscando información sobre la criopreservación. Lo teníamos delante de las narices. Regreso a la cama. Me he quedado helado, el calorcito del edredón me reconforta y consigo poco a poco relajarme, hasta que me ataca un aluvión de imágenes de mamá en la habitación aquella: sus pies amarillos, los tubos llenos de sangre, el gráfico en la pantalla del ordenador. Me incorporo para espabilarme, logro apartarlas. Vuelvo a tumbarme, me arropo, el calorcito me calma de nuevo. Me asaltan entonces recuerdos entremezclados: mamá que venía a ver si me había bajado la fiebre cuando tuve meningitis; mamá que me echó la culpa de haber quemado el sofá del salón, cuando era Silvia la que fumaba; mamá que llamó a su amiga Elsa y le contó orgullosa que yo había aprobado las oposiciones; mamá que quería que quedase con la hija de no sé quién.

Silvia

Escribo un mensaje a Elsa con un escueto «Mamá ha muerto» y me meto en la cama. Lorenzo le dijo por WhatsApp a mamá que es gay, yo estoy en mi derecho de escribir esto. Elsa me llama al cabo de un par de minutos. Me armo de valor y respondo. Llora y a la vez intenta animarme, me habla de lo maravillosa que era mamá. Ya lo sé. Le pido que avise a las demás amigas, y le cuento los planes de la misa y la celebración informal.

—¿Ha ido todo bien en el laboratorio? —me pregunta.

Siento tanta rabia al constatar su complicidad que estoy a punto de colgar. Logro contenerme y le explico que en principio sí, que papá y Lorenzo están conmocionados, que estamos todos en shock. Se queda callada unos segundos antes de contestar:

—Yo siempre la animé a que contase todo, pero le tenía miedo a tu padre. Tuve que hablar contigo a escondidas, bien lo sabes.

—Lo estoy pasando fatal, Elsa —consigo decir con la voz entrecortada.

—Mañana voy a verte.

Le digo que de momento prefiero estar sola.

—Esté donde esté, seguro que se siente muy orgullosa de ti.

Empiezo a llorar. Cuelgo y ahogo los sollozos en la almohada. Mamá, mamita, mamuchi. ¿Dónde coño te has ido? Qué cansada estoy. Qué cansada estoy. Cierro los ojos, aprieto los párpados con fuerza. Intento parar la cabeza, me concentro en mi respiración, en los sonidos que me llegan. No se oye tráfico, hay un runrún de voces y tuberías. Y toses. Es un bloque de viejos. No he dormido en esta casa desde la Nochebuena de hace tres años, cuando bebí más cava de la cuenta. Intento visualizar una playa, yo desnuda al sol, el agua templada que me mece, una cerveza bien fría.

—Tenéis que respetar un poco más a vuestra madre. Que esté un poco loca no significa que sea tonta.

—¿Hace frío allí?

—Ni frío ni calor, se está muy a gustito.

—Aquí hace mucho frío.

—Claro, porque estás desarropada, espera.

Noto una mano que me roza el cuello, abro los ojos, me incorporo de un salto. El edredón se escurre, cae al suelo. Tengo la respiración agitada, miro alrededor. Debe de ser más tarde de lo que parece, ya no se oye el runrún de antes; mi mesa de estudio y los ositos en la estantería se perfilan con claridad gracias a la poca luz que se filtra por la persiana.

Empiezo a temblar, me arropo bien y tarareo una canción para evitar oír su voz de nuevo.

Me despierto a las ocho de la mañana con los ruidos de papá en la ducha. No tengo sensación de haber dormido siete horas, parece que me acosté hace un rato. Me pongo la bata y voy a la cocina a preparar el desayuno. La cafetera, las tostadas con aceite para papá.

—Qué susto me has dado. No te pongas esa bata, por favor —le oigo a mi espalda.

Está ya peinado y listo para ir al taller. Me acerco, le doy un beso y me voy al cuarto a vestirme. Lorenzo ya se ha metido en la ducha. Vuelvo a la cocina, me hago un té, cojo un paquete de galletas y me siento frente a papá, que termina ya de desayunar. Llega Lorenzo. Qué guapo está en camiseta, mucho mejor que con sus camisas pijas. Papá mira el reloj.

—Pensad en lo del funeral, o lo que sea que vayamos a organizar. Yo me tengo que ir. Ya fijaremos una fecha y una iglesia.

—Hay que avisar a la gente —le recuerdo.

—Esta noche lo hablamos.

Necesita como sea refugiarse en su rutina. Habrá que aceptar eso también. Esperemos que algún día alguien piense en cómo me siento yo.

—A vuestros amigos y a la familia los tienes que avisar tú, yo puedo ocuparme de las amigas de mamá —le digo.

Promete que lo hará desde el taller y se marcha al cuarto

de baño. Lorenzo, con gesto ausente, se sirve el café que ha sobrado y coge unas galletas.

—Habría que llamar al laboratorio para saber si todo ha ido bien —sugiero.

No contesta. Tendré que hacerlo yo. Tú puedes, Silvia, ánimo. Papá sale del cuarto de baño y se pone el abrigo. Me levanto para darle un beso.

—¿Vas a venir a comer? —le pregunto.

Se queda desconcertado, parece no haber pensado antes en el problema de sus comidas.

—Me voy a quedar aquí unos días —le informo con una sonrisa.

—Prepárate para comer acelgas hervidas —intenta bromear Lorenzo.

Papá me da las gracias y le dice que puede revisar el armario de la entrada y tirar lo que no sirva.

—No entiendo qué prisa hay —protesto de nuevo.

—Son cosas que hay que hacer —responde, y se marcha.

Está roto por dentro. Me acerco a la ventana y le veo cruzar el jardincito que rodea el edificio. Su calva redondita, sus pasos largos. Me entra una ternura enorme, trago saliva. Lorenzo marca en su teléfono el número de algún primo de mamá. En la familia nadie conocía la enfermedad, la noticia les cae de golpe. Oírle decir que mamá ha muerto, oírle dar explicaciones sobre una fecha incierta para un funeral, hace que regrese la angustia, que todo vuelva a resultarme amenazador.

Alfredo

Lorenzo se ofrece a hacerme la compra. Le digo que no, que tendré que salir adelante como sea. Nunca he soportado a la gente que se regodea en sus miserias. Se ofrece entonces a quedarse a dormir un día más y me tengo que poner serio para conseguir que se vaya. Si lo hubiese propuesto Silvia me habría importado menos, acepto mejor sus cariños. Por fin se marcha, y aunque lo que me pide el cuerpo es meterme en la cama me fuerzo a preparar el biplano para el domingo, tengo que instalar la electrónica que sobrevivió al accidente del Sukoi. Las alas están cubiertas de polvo; de hecho no sé qué pasa en esta casa, hay polvo por todas partes. Instalo el receptor, conecto los servos y pruebo la radio. El recuerdo de lo que pasó en la pista hace que me tiemblen las manos, me va a costar volver a hacer acrobacias. Noto que me vence el sueño. Guardo en el armario las alas y al ir a recoger el mantel viejo me doy cuenta de que ya no hace falta doblarlo cada vez, a mí no me molesta desayunar encima de las manchas de pintura seca. En cuanto me meto en la cama regresa el problema del colchón, inclinado por la falta de Aurora. Intento dormirme y ni siquiera logro dar un primer ronquido. Me levanto y me voy al cuarto de Lorenzo; el colchón este es pequeño, no voy a notar la ausencia de nadie. De repente caigo en que aquí no tengo despertador. Cojo el mío y al pasar por el pasillo percibo una luz extraña en el salón. Se me ponen los pelos de punta, contengo la respiración. Algo parece moverse. Agarro la fregona que hay en el cuarto de baño y me acerco con cuidado. Comienzo a temblar, aprieto el palo con tanta fuerza que me duelen los dedos. En cuanto entro en el salón descubro que lo que parecía moverse, y que de hecho se mueve, es la sombra del sillón, iluminado por la luz anaranjada que sale de la casa de las vecinas. No sé qué hacen, hay más gente y luces de lo normal, parece que tienen una fiesta. Regreso a la cama. El calorcito del edredón, un ronquido boca arriba, me pongo de lado. ¿Para qué coño querrá resucitar en el futuro, suponiendo que ese disparate fuese posible? Yo desde luego no voy a pagarle otros setenta mil euros a ese tío, ella lo sabía. Conclusión: en el fondo lo que le gustaría sería empezar otra vida sin mí. Tienes cojones el tema. Si no estaba contenta lo podría haber dicho y nos habríamos ahorrado este lío. Me levanto de un salto, voy al salón, me bebo a morro un buen lingotazo de coñac y por fin consigo dormir.

Me despierto a las ocho menos cuarto y por poco me caigo de la cama al buscar el despertador donde no está. Hay en la casa un silencio que da miedo, que certifica la catástrofe. Corro a la ducha antes de que Aurora abra el grifo y me deje sin agua. Huelo el café que hierve en la cocina. Me afeito con esmero para que la piel se me quede lisa como la de un bebé, así le gusta a ella. En el salón no hay nadie, en la cocina no hay nadie. Me apoyo en el fregadero y sollozo. Coño, Aurora. Va a ser mejor que desayune en el bar. Me pongo el abrigo y huyo de este piso que te hiela el alma. Hacía veinte años que no me tomaba un carajillo y unos churros. Qué delicia. El polaco ya está apostado en la puerta del taller. No sé yo si ha sido buena idea el cambio de menú de desayuno, me están entrando unos retortijones que me matan. Cruzo la calle a toda velocidad y entro en el cuarto de baño sin tiempo para apagar la alarma. Mientras vacío los intestinos se activa y nos llaman de la central.

—Jefe, preguntan cuál es la palabra secreta —me informa el polaco.

No me da la gana decírsela. Tengo un nuevo apretón. Oigo que fuera nos advierten de que las cámaras están grabando y preguntan otra vez por la palabra secreta. Consigo contenerme y salgo sujetándome los pantalones. Susurro la clave. No me oyen, tengo que repetirla en voz alta. El polaco disimula y mira para otra parte. En la central desactivan por fin la sirena. Tendré que llamar luego para cambiar las contraseñas, más vale prevenir que curar.

Lorenzo

Encuentro a Silvia fregando el suelo de la cocina alrededor de la nevera.

—El congelador se ha estropeado —me informa.

Está ya vacío, no se ve hielo en las paredes, aún chorrea agua. La pila está llena de comida medio descongelada. Abro la puerta de la nevera, tampoco parece funcionar, no se enciende la luz. Papá ha ido a la compra hace poco y se va a echar todo a perder. Voy al cuadro de los interruptores y descubro que hay uno desconectado. Lo subo e inmediatamente oigo el motor de la nevera. Compruebo que funciona sin problemas, el automático habrá saltado por otro motivo. Silvia está paralizada junto al fregadero, tiene en la mano un trozo de carne envuelto en plástico. Lo cojo, lo tiro a la basura y me voy al salón.

Silvia termina de recoger y se sienta a mi lado. Sé que si compartiera con ella mi angustia me sentiría mejor; sin embargo, no digo nada.

—Imagino que allí tendrán buenos generadores de emergencia —me dice.

—¡No tengo ni puta idea! —grito.

Me mira con curiosidad.

—¿Has hablado ya con tu chico de todo esto?

Confieso que no me he atrevido. Repito que me parece que la decisión de mamá ha sido muy egoísta, que su proyecto no tiene sentido y que nos ha dejado en una situación lamentable: ni siquiera podemos compartir, sin caer en el ridículo o el mal gusto, el horror que supone tener su cuerpo allí congelado.

—No te enfades por lo que te voy a decir, pequeñín, pero tal vez necesites un poco de ayuda externa. Lo que nos ha pasado no es fácil de llevar y los psicólogos están para algo.

—No necesito un loquero —salto, y yo mismo me doy cuenta de que mi tono irritado me desmiente.

Nos quedamos en silencio. Me pone una mano en el hombro, me acaricia la nuca.

—Sé perfectamente lo que me va a decir un psicólogo —añado conciliador.

—¿Qué? —me pregunta con paciencia.

—Que no estamos cumpliendo un duelo normal, que tener el cuerpo de tu madre en la nevera de un polígono industrial estresa al más sano. No pienso pagar a nadie para escuchar lo que es obvio.

—A lo mejor un psicólogo consigue que lo veas de la forma en que yo lo veo. En esta vida casi todo depende de cómo te lo tomes.

—Eso no es cierto. En todo caso, depende de cómo no te lo tomes. Si la solución es dejar las cosas estar y no hacer nada, no me interesa.

—Es mejor no martirizarte por lo que no puedes cambiar.

—Eso mismo nos llevó a no actuar a tiempo. Tuvimos una oportunidad de averiguar qué tramaba mamá y la desaprovechamos. ¿Has hablado con Elsa? ¿Te ha dado alguna explicación?

Me dice que tiene pendiente quedar con ella, pero que no le apetece, que de momento le está dando largas.

—En cualquier caso, a eso se le puede aplicar lo mismo que te he dicho: ya no se puede cambiar —termina.

—¿No te parece tristísimo no poder enterrar a tu madre?

—A lo mejor lo que tienes que hacer es enorgullecerte de lo que ha hecho. Ha sido una mujer valiente.

—Ser valiente es enfrentarte a la muerte de cara y asumir que a todos nos va a llegar la hora. Si tienes hijos hay que tener cuidado con el ejemplo que das. Bastante duro es ya quedarse huérfano. Y si lo que pasa es que crees en la resurrección, siempre puedes ejercer de forma activa el catolicismo y no hacer disparates.

—Para mí mamá sigue siendo un ejemplo —me contesta, y noto que se le humedecen los ojos.

Tal vez me estoy pasando. Se levanta, regresa a la cocina y vuelve a pasar la fregona por el suelo. Voy tras ella.

—No pises —me advierte cuando ya estoy sobre las baldosas mojadas.

Retrocedo con cuidado. Limpia las huellas que he dejado y continúa hasta el otro extremo. Nos quedamos los dos quietos, de pie, separados por el piso brillante.

—¿Y ahora cómo sales? —intento bromear.

—Con un poco de paciencia y comprensión.

—¿Comprensión?

—Hay que esperar a que se seque, esa es la realidad.

—La realidad, querida hermanita, es que si lo hubieses pensado antes habrías fregado hacia aquí y ahora no estarías ahí atrapada.

Me mira muy seria, pisa sin miedo por encima de lo mojado hasta donde yo estoy y me pasa la fregona. Limpio en un momento sus huellas y guardo todo en el armario.

—Perdona. Sé que tú también lo estás pasando mal —intento disculparme.

—Lo último que debemos hacer es hacernos daño entre nosotros.

Se sienta junto al mueble del televisor y comienza a revisar los cajones donde mamá tenía sus cosas de costura. La beso en la frente y me siento al otro lado, delante de las estanterías que contienen los juegos de mesa. Trato de ordenarlos, aunque estoy seguro de que ya nunca volveremos a jugar con ellos.

—Te voy a decir una tontería. Prométeme que no te vas a enfadar —me pide ahora.

—Eres mi hermana favorita, no lo olvides nunca —digo, conciliador.

—Se me ha ocurrido que podríamos colgar una carta en

internet para mamá. Seguro que si su invento funciona, y si en el futuro todavía existe la red, lo primero que hará será buscar datos sobre nosotros. Podemos hacer un blog y contarle cosas.

Mi cariño es insuficiente para aceptar semejante ingenuidad; aun así, consigo protestar solo débilmente.

—¿No te parece bonito? —insiste sin poder ocultar un poso de decepción.

—¿Ha sido idea de Elsa?

—Ya te he dicho que no he vuelto a hablar con ella —me contesta de mal humor.

—No hace daño a nadie —es lo mejor que se me ocurre añadir.

Por fortuna, decide darme por imposible. Se levanta y va al armario de la entrada. En cuanto lo abre se queda paralizada. No es para menos, el volumen de cajas y trastos almacenados ahí abruma a cualquiera.

—Hay que ir paso a paso —le digo mientras saco una vieja maleta llena de cosas y la coloco encima de la mesa del salón para que la revise.

Yo me centro en la parte superior del armario, en el maletero. Encuentro una trona que usamos nosotros, que tiene por tanto más de treinta años y está rota; una tabla de planchar también rota; un carrito de la compra en el mismo estado, y dos sillas plegables oxidadas. Son trastos agresivos, que se revuelven, intentan pillarme los dedos, me golpean las espinillas. Los saco al descansillo y los apoyo junto a nuestra puerta. Se asoma el vecino de enfrente, Javier, y me da el pésame, me dice que para él Aurora era como una segunda madre. Se lo agradezco, y me pregunta por Silvia. Le digo que está dentro, lo invito a pasar. En el salón no vemos a nadie. Voy a su cuarto, toco a la puerta y me asomo. Silvia me indica mediante gestos que diga que está dormida. No me gusta mediar en estos líos, pero se lo cuento al vecino, le pido disculpas por los trastos del descansillo y cierro.

Alfredo

Los manzanos de Aurora están un poco mustios, salgo a regarlos. Dentro de poco habrá que cambiarles el tiesto, parece mentira a la velocidad que crecen. Silvia pone la mesa mientras Lorenzo cocina. Huele bien. Los chicos quieren mantener la tradición de comer juntos los domingos, aunque ya nadie nos vaya a hacer ese cordero asado churruscadito por fuera y tierno por dentro. Saco un botellín de la nevera y me siento en el sofá. Estoy cansado. Silvia me trae mis patatas fritas. Lorenzo tiene puesto el delantal de ella. Seguimos siendo una familia. Me proponen ir al pueblo de vez en cuando y acepto, es bueno cambiar de aires. Terminamos de comer y me explican que se van a marchar pronto, que tienen cosas que hacer esta tarde. Les doy las gracias por la comida y me voy al dormitorio. Bajo un poco la persiana y me tumbo sin quitarme los zapatos; con dejarlos fuera de la cama es suficiente. Oigo a los chicos terminar de recoger la cocina. Voy a echar una cabezada rápida, a ver si cuando me levante siguen todavía aquí. Mira que si de pronto me despierto en el futuro... Casi mejor que no. Que ella haga lo que le dé la gana. Además, el mundo dentro de trescientos años igual se ha convertido en un desierto y hay que vivir en el polo norte, siempre de noche o siempre de día; o igual nos han invadido los extraterrestres y te despiertan para hacerte su esclavo, o para probar contigo medicinas, como hacemos nosotros con los monos. Cualquier cosa es posible. Mis tres ronquidos y abro los ojos. El sol ya no se cuela por la rendija de la persiana. No se oye ni un ruido. Me levanto y voy al salón. He dormido más de lo que creía, no falta mucho para que anochezca. Silvia y Lorenzo parecen haberse marchado hace tiempo. Me siento en una silla sin saber qué hacer. No me apetece revisar el avión. Tampoco quiero ver la tele, los domingos no echan más que películas. Por la tarde solíamos ir a merendar a la pastelería pija, pero no sé qué haría allí yo solo. En el bar tampoco, los domingos no conozco a nadie. Me pongo el abrigo y bajo a la calle, lo que sea antes que quedarme aquí.

Paseo hasta la pastelería y pido un café con leche y un cruasán. Me lo como y tengo que pedir otro, Aurora siempre me daba un cuerno del suyo.

—Están ricos, ¿verdad? —me pregunta una mujer sentada cerca de mí.

En otra época habría contestado con un monosílabo, no me gusta hablar con desconocidos. Le cuento que vengo todos los domingos porque me gustan mucho, que antes venía con mi mujer, que me acabo de quedar viudo. Es la primera vez que pronuncio esa palabra, «viudo». Me da el pésame y me explica que también es viuda, desde hace tres años. Le devuelvo las condolencias y me sonríe.

—¿Cuál es tu nombre? Yo soy Alba.

Habla con una seguridad y una determinación que intimidan.

—Alfredo —respondo con un hilillo de voz.

—Alfredo, sé que es una época muy difícil para ti y lo estás haciendo muy bien. Lo peor que puede hacer uno es quedarse encerrado en casa. Yo lo hice, y si no llega a ser por una amiga que se empeñó en sacarme del hoyo aún seguiría envuelta en lágrimas.

Me mira a los ojos y tengo que apartar los míos.

—¿Vives por aquí cerca?

Le digo que sí y me contesta que ella también. Me pregunta si tengo hijos, ella tiene dos. Luego quiere saber si estoy jubilado y se alegra de que aún esté en activo, dice conocer mi taller.

—¿Cómo se llamaba tu mujer? —continúa el interrogatorio.

—Aurora.

Se queda un momento desconcertada, luego me lanza una mirada alegre y estalla a reír.

—Tú y yo vamos a ser amigos. A ti te gustan los amaneceres. Necesitas una Alba en tu vida. ¿No tendrás una hija que se llame Rocío?

Le digo que no.

—¿Me ayudas con la mitad si pido otro cruasán? —me propone.

Le digo que me tengo que marchar, que lo siento. Me despido con educación, pago en la barra y me voy. A algunas personas les das la mano y se toman el pie.

En cuanto me alejo por la calle me entra un remordimiento y una pena tremenda por Aurora. No entiendo por qué la gente que muere da tanta lástima. No es porque ellos ya no puedan disfrutar de la vida; al fin y al cabo, esto no es para tanto. Es como una ternura rara la que te entra. A lo mejor eso es el amor. El que aparece en las películas es falso, eso está claro. Yo a Aurora la he querido, pero no con esas cursiladas. Al principio sí le regalé alguna vez flores por su cumpleaños y cosas de ese estilo; luego, en cuanto nacieron los hijos, fuimos ya más prácticos. Es ley de vida, son etapas. Ya de mayores el amor consiste en aguantar las manías del otro, en no echar a correr. Bastante mérito tiene. Tal vez ese sea el motivo por el que los chicos siguen solteros; es posible que estén engañados por las ideas del cine y los anuncios, igual van a la búsqueda de ese príncipe azul que no existe. El caso de Silvia casi seguro es ese, el de Lorenzo es más raro. La casa vacía me mata. En pocas ocasiones he estado yo solo aquí, alguna vez que Aurora se iba de compras con la hija, poco más. Ella en cambio puede que pasase más tiempo en soledad que conmigo. Este era su reino. Está claro que se tienen que morir antes los hombres, así suele ser, la naturaleza es sabia. O igual es que ella no se ha muerto; de hecho, como funcione el disparate ese al final va a vivir más que yo. A lo mejor se trataba de eso, igual solo quería disfrutar de unos años de viuda loca con sus amigas. También hay que entenderlo. Tenía que haber compartido el cruasán con la mujer esa. Me voy a convertir yo ahora en un viudo loco, no te fastidia.

Silvia

Cualquiera diría que pretendemos borrar el rastro de mamá, anular su memoria. Está claro que hay dos tipos de personas: las que nada más llegar de un viaje deshacen la maleta y colocan todo en su sitio, y las que podemos dejar el equipaje durante días en una esquina mientras disfrutamos de los recuerdos; las que tienen el horno lleno de sartenes y moldes de tarta inservibles, y las que lo tienen listo para cocinar en cualquier momento; las que llenan una despensa con repuestos para un mes, y las que corremos al chino a por compresas a la una de la madrugada. Lorenzo, obviamente, es de los primeros, de los que son capaces de desarmar una lavadora con tal de encontrar un calcetín desparejado. Mamá no sé bien cómo era, un término medio, diría yo: la maleta que me ha asignado mi hermanito para revisar está razonablemente ordenada. Hay libros escolares de cuando éramos pequeños; ropa de bebé ya amarillenta; el diario de la primera comunión de mamá, sin una palabra escrita y con la cerradura rota; un par de cajas de metal llenas de fotos en blanco y negro que nunca había visto. Me siento para revisarlas con calma. Aparece mamá con el pelo cardado, en algunas con un vestido blanco en un parque y en otras con pantalones y botas de montaña en un camino de la sierra. Es verano. En algunas se la ve maquillada, está muy guapa en todas. Por su juventud, parecen tomadas incluso antes de conocer a papá. En una se ve perfectamente la sombra de quien empuña la cámara: un hombre con una gorra y un perro al lado. Estoy casi segura de que no se trata de papá. Dejo la caja y abro la otra. Mi primera comunión. Aquí sí sale papá. Y su hermano, el tío que murió. Es una tontería perder ahora el tiempo en esto, cierro la tapa de la maleta y noto que se escurre algo por detrás del forro. La abro de nuevo, tanteo con los dedos. Parece un sobre. Busco cómo se ha introducido ahí y no tardo en encontrar una cremallera. El sobre contiene tres fotos. La primera muestra a mamá totalmente desnuda tumbada en una cama. Los brazos por detrás de la cabeza, sus pechos firmes, su pubis espeso, sus piernas estiradas, los pies juntos. Parece querer imitar a la maja desnuda de Goya, sin duda está posando. Las otras dos están tomadas de espaldas, su culo firme, las sábanas revueltas, un vaso de agua sobre la mesilla, una ventana con una cortina y el exterior quemado por exceso de luz. Son de la misma época que las fotos de la primera caja, mamá luce el mismo pelo cardado. Reviso el forro de la maleta y no encuentro nada más. Guardo el sobre en mi bolso y le muestro a Lorenzo las fotos en las que aparece mamá vestida. No las conocía, no tiene ni idea de cuándo ni dónde están hechas. Papá se despierta de la siesta y se marcha al taller sin casi mirar lo que hacemos. Una hora más tarde hemos conseguido dejar el armario limpio y en orden. Vamos con el siguiente, el del dormitorio de papá, y nos quedamos paralizados en cuanto lo abrimos: las blusas de mamá colgadas de los percheros, los cajones con la ropa interior, sus faldas, sus jerséis, el olor a ella.

—Es demasiado pronto para esto —protesto una vez más.

—Papá nos ha pedido que tiremos todo —me recuerda Lorenzo, aunque está igualmente impresionado.

Trago saliva. Muy pocas veces hemos hurgado en los armarios de nuestros padres: en Navidad alguna vez en busca de regalos, o yo para elegir una blusa con la que acudir a una boda. Lorenzo se marcha y regresa con los guantes de fregar puestos y una bolsa de basura. Abre el cajón de la ropa interior y mete todo en la bolsa. Sigo bloqueada. Me pregunta si quiero alguna blusa y cuando le digo que no las tira también.

—A lo mejor alguna de sus amigas quiere algo —objeto.

Lo piensa unos segundos, se mete en el cuarto de baño, aún con los guantes, y tira todo lo que encuentra, incluida una crema de manzanilla silvestre que le regalé hace poco a mamá. Voy al salón y me siento en el sofá. Lo oigo trajinar decidido a borrar cualquier rastro de nuestra madre. Los sonidos de los tarros que entrechocan en la bolsa, el abrir y cerrar de puertas me atacan los nervios. Me descubro aferrada a los brazos del sofá. Sobre la estantería, encima del televisor, reposan recuerdos de sus viajes: el gallo de Portugal, el platito de Roma. Me levanto de un salto y los barro de un manotazo. Se estrellan contra la pared, se hacen añicos. Lorenzo se asoma desde el dormitorio, me observa perplejo.

—¿Te has vuelto loca?

Le grito que me deje en paz, rompo a llorar y me siento de nuevo en el sofá. Él lo hace en una de las sillas junto a la mesa. Estamos un rato en silencio. La luz del atardecer incide en las motas del polvo que he levantado, las convierte en oro. Lorenzo va a por la escoba. Me pongo en pie, cojo el abrigo, bajo a toda velocidad por la escalera, saco la bicicleta del trastero y enfilo para casa.

Es casi de noche, el carril bici está lleno de cuarentones con barriga que intentan compensar los excesos del fin de semana. El viento me hace lagrimear, me seca la piel alrededor de los ojos, me escuecen. En cuanto entro en mi piso me derrumbo sobre el sofá, aún con el abrigo, el gorro y los guantes puestos. La casa se ha quedado helada. Me siento frente al portátil e intento escribir con los guantes. Imposible. Abro los armarios en busca de unos mitones que compré hace tiempo y no puedo evitar imaginar que algún día alguien hurgará en mis cosas como acabamos de hacer nosotros en las de mamá. Los mitones aparecen por fin, regreso al teclado. Parezco un personaje de la ópera a la que me llevó Jorge, le habían regalado dos entradas y pensó en mí antes que en nadie. Otra mentira que no tardé en descubrir: a su mujer le horrorizaba la ópera.

Hola, mamá. Espero que algún día leas esto. Te imagino vestida con un traje plateado subida en un patinete volador mientras las letras se proyectan en tu mente gracias a un chip en tu cerebro. A mí me parece bien lo que has hecho. Le has echado un valor que nadie te conocíamos. Papá lo lleva más o menos, aunque ya sabes que es difícil saber qué piensa. Lorenzo es quien peor está. Te hablaré de su novio en cuanto me lo presente. Sé que te quedaste con ganas de conocerlo.

Me detengo, no sé cómo seguir. Su alianza brilla en mi dedo, al borde del mitón. Dudo si hablarle de las fotos, pero me da vergüenza. Saco el sobre del bolso. Me sorprende de nuevo lo joven y guapa que era. Hago una foto a una de las copias y escribo a Elsa diciéndole que quiero preguntarle una cosa.

Dime mi niña.

Te debo unas cuantas aclaraciones, lo sé.

No he querido agobiarte

Estás sola?

Sí. Qué pasa?

Le envío la foto de mamá en plan maja desnuda.

Dónde la has encontrado?

La conocías?

Rómpela

Quién la hizo?

Tarda un buen rato en contestar:

Ven a verme un día y te cuento

Lorenzo

En el fondo, me viene bien dejarle la mitad del armario, así hago limpieza de las cosas que no uso. Por ejemplo, estas camisas de cuadros hace un siglo que no me las pongo.

—Tu vestuario necesita una actualización —me confirma Rafa mientras dejo varias perchas sobre la cama.

Coge una de las camisas y se la coloca delante del pecho. La verdad es que cualquier cosa le queda mil veces mejor que a mí. Se lo digo, y me guiña un ojo.

—De todas formas, esta camisa es de leñador americano. Te pega lo mismo que un mono azul —se ríe.

Me agacho junto a la estantería inferior. También aquí se puede hacer hueco, al menos hay dos pares de zapatillas que no me pongo. Rafa va colocando en los espacios libres su ropa.

—¿Te has arrepentido ya, mi amor? —me pregunta con esa sonrisa que echo de menos en cuanto nos separamos dos días.

Se la devuelvo y no confieso mi temor a que el experimento, la prueba de convivencia de unas semanas, pueda acabar con nuestra relación, algo que es lo último que deseo. Sé que debería confesarle estas cosas, no sé por qué mierda me cuesta tanto. Saco unos zapatos que tienen por lo menos siete años, que no sabía ni que estaban aquí. Se ven retorcidos, resecos; no puedo evitar acordarme de los de mamá. Voy a por una bolsa de basura y los pongo dentro, junto con las camisas. Rafa coge unos calcetines, también muy feos, y encesta la bola en la bolsa. Me siento en el borde de la cama. Él, que sabe que hemos estado poniendo orden en casa de mis padres, con ese sexto sentido que tiene, se acerca y me da un abrazo. Lo beso en el cuello y sigue colocando su ropa; intenta dejar todo simétrico, bien doblado, pero no lo consigue. Nota que lo observo y aun así se abstiene de hacer monerías. Se lo agradezco. Termina con la maleta, la cierra y abre la otra que ha traído, mucho más pequeña. Dentro están sus camisetas y su ropa interior. Coge esta última, la mete en el cajón donde tengo la mía, la revuelve toda y, antes de que tenga tiempo de protestar, me derriba sobre el colchón.

—Enséñame fotos de Aurora —me pide.

No me apetece, me aparto a un lado. Gatea hasta la mesilla, coge mi teléfono y me lo tiende.

—Es mi heroína y solo he visto tres fotos suyas. Deberían levantarle un monumento en la plaza del Dos de Mayo.

—Pues ahorra y te presento al director del laboratorio, que, por cierto, está buenísimo, y seguramente te haga una rebaja. Nos caímos fenomenal. Fue amor a primera vista.

—Si te congelas conmigo, yo encantado.

—¿Tú te has parado a pensar por un instante qué pasaría si ese disparate por alguna clase de milagro funcionase?

—Los dos felices, en cohete por las galaxias todo el día.

—Te estoy hablando en serio.

Se tumba de lado y apoya la cabeza en la mano.

—A mí me parecería divertido. Hay que tener curiosidad. Sin curiosidad estás muerto, viejito mío. Enséñame fotos.

Le muestro las que tengo en el móvil, la mayoría de ellas tomadas recientemente: mientras comíamos al sol la tortilla que había preparado en el último viaje al pueblo; con una tarta de fresa que hizo para el cumpleaños de Silvia; todos juntos delante de la mesa dispuesta para Nochebuena.

—Cómo os cuidaba.

Paso otra foto y también es de comida: mamá muestra orgullosa un pollo relleno en una nueva celebración.

—Este era su mundo, era feliz con su familia —trato de explicar, y me entra una punzada de angustia al recordar las dudas que tiene Silvia y que, me guste o no, los acontecimientos parecen haber confirmado.

—La que debería congelarse es mi madre y hacerse un *reset* entero —confiesa Rafa.

Me cuenta, entre bromas, historias que en su mayoría ya conozco y que sin duda siguen haciéndole daño: su madre que rezaba de rodillas frente a la cama pidiendo, con la puerta abierta y en voz alta para que él pudiese oírla, que Dios encarrilase a su hijo; el psiquiatra al que lo llevaron y que inició un tratamiento, baños helados incluidos, para intentar modificar su sexualidad; el bofetón que le pegó su padre el día que lo descubrió besándose en el portal con un amigo; su madre echándole un medicamento a escondidas en el desayuno para anular el deseo sexual. Le paso el brazo por detrás de la cabeza para atraerlo sobre mi pecho, le acaricio el pelo.

—Tu madre ha sido muy valiente. Ojalá pueda cumplir sus sueños, sean los que sean. Todos tenemos ese derecho.

No contesto. Restriega la cabeza contra mí como si fuese un perrillo, me abraza con fuerza. Respiramos de manera acompasada, y el olor femenino, floral, de su colonia me narcotiza poco a poco. Noto cómo su respiración se relaja. Con la mano que tengo libre agarro la colcha y la echo sobre nosotros. Emite un ronroneo, se reacomoda.

Silvia

Qué casa más rara tiene esta mujer. Vale, rara no, ocurre lo de siempre con ella, que no cuadra con lo que debería ser el hogar de una amiga de mamá. Estas lámparas troqueladas que provocan sombras extrañas, estos sofás de colores, los cojines indios por todas partes, el olor a incienso. Me ofrece una infusión de rooibos y vamos a la cocina a prepararla. Aquí sí se nota la edad de la dueña, los muebles tienen las puertas descuadradas, la encimera está hinchada alrededor de la pila. No importa, estamos empeñados en tener todo reluciente y nuevo, y luego los sitios con vida son los que resultan acogedores. La propia Elsa intenta mostrar su lado más amable. Se ha maquillado para recibirme, es toda sonrisas y cariño. Sin duda se siente culpable. No sabe que yo ya la he perdonado, que he valorado su lealtad a mamá por encima de cualquier otra cosa.

—Creo que no te he visto en ninguna foto antigua —comento.

Me explica que nunca le han gustado. Ahora con tanto teléfono no le queda más remedio que aparecer en alguna, pero de joven no se dejaba fotografiar ni muerta. Nos quedamos en silencio, a la espera de que el agua rompa a hervir. La ventana da a un patio interior luminoso, estamos en el último piso del bloque.

—Vamos a echar mucho de menos a tu madre —me dice a la vez que vierte el agua caliente en una jarrita.

Regresamos al salón y nos sentamos entre los cojines. Me sigue costando imaginar a mamá aquí; tenía un lado juvenil, rebelde, está claro.

—Entiende que yo no os podía contar nada. También a mí me parecía todo un disparate, pero había que respetar su voluntad.

—Como hemos hecho.

—Como habéis hecho —me concede.

Nos miramos un momento a los ojos y sonreímos a la vez. De fondo, en su equipo de música, suena muy bajito un concierto de piano. La ceniza de una barra de incienso reposa alrededor del soporte de madera que la sostenía, en una mesita auxiliar.

—Déjame ver la foto esa otra vez —me pide.

Saco la copia en papel. Se pone las gafas y la contempla un rato en silencio.

—¿Quién la hizo? —pregunto con una sonrisa.

Me la devuelve, me mira a los ojos.

—¿Para qué quieres saberlo?

—Curiosidad.

—La curiosidad mató al gato, dicen los ingleses —se ríe.

—Habría que avisarle de que mamá ha muerto.

—Es muy antigua. No tengo ni idea, nunca la había visto.

—No me has pedido que venga para luego contarme eso —intento bromear.

Se queda pensativa, hace oscilar el agua de la jarrita y por fin dice:

—David Pereira, no pudo ser otro. Búscalo en internet.

—¿Fue famoso? —pregunto extrañada e ilusionada a la vez.

—Tuvo su momento de gloria.

Tardo un poco en encontrar información en el teléfono; el primer resultado muestra a un futbolista, luego a un par de jóvenes y a continuación a un músico y compositor de baladas. Se lo muestro a Elsa y ella asiente. Parece que fue bastante conocido en su época, sobre todo gracias a una canción, a un éxito del verano: *El balandro dorado*. Encuentro un vídeo en blanco y negro de un joven actuando en un programa musical. Viste unos pantalones vaqueros de campana, barba recortada y el pelo largo. Es muy guapo.

—¿Fue novio de mamá? —pregunto sin dar crédito.

Suelta una risita. Pongo la canción. «El mecer de las olas, los reflejos del sol en tu piel, la sal del verano en tus lágrimas».

—Qué cosa me da escucharla, la música tiene un poder de evocación como pocas cosas en la vida. Qué veranos tan bonitos.

—¿Fue su primer novio?

—Es una historia hermosa y triste a la vez.

—Cuéntamela.

Va a decir algo y se arrepiente.

—A tu madre no le gustaría. Que hayas encontrado esas fotos ha sido extraño, e inoportuno, aunque tú no tengas la culpa.

—Yo creo que ha sido mamá la que me ha guiado hasta ellas.

—No. No lo veo. Es más, estoy segura de que no ha sido así.

No sé por qué lo dice, pero la creo, siempre ha tenido un lado místico, espiritual. Mamá alguna vez bromeó con que es una bruja, una médium. Aun así, insisto:

—¿Lo conoció antes que a papá?

Vuelve a sonreír y finalmente se decide a hablar.

—Sí. Se conocieron en una verbena antes del éxito de la canción, cuando todavía él no era famoso. Iba con su pequeño grupo recorriendo fiestas patronales.

—Qué bonito.

—Fueron años felices. Nosotras, como pasa siempre, no fuimos conscientes en ese momento; nos podían el ansia de vivir, los miedos, las inseguridades, pero fue precioso.

Se me humedecen los ojos. Trago saliva, esa es la vida que mamá añoraba, está claro.

—O a lo mejor son solo los recuerdos, la nostalgia que lo tiñe todo. Tu madre al final lo pasó muy mal. David desapareció de golpe, sin decir nada, y le rompió el corazón. Más tarde nos enteramos de que fue la familia de él quien lo mandó a estudiar fuera de España. Eran muy estirados, querían casarlo con una niña bien de la burguesía catalana.

—Parece una novela romántica.

—Aurora en el fondo era muy sentimental.

—Un poco más y ni Lorenzo ni yo existimos.

—O igual vivíais en una masía catalana. Eso nunca se sabe. Yo creo que estabais en algún lugar esperando para venir. Tampoco caísteis en un mal sitio, pienso yo.

—No...

Bebo un sorbo de la infusión. Está templada y amarga. Aun así, me gusta. Observo otra vez la foto, no deja de sorprenderme su enorme contraste con la imagen que yo tenía de mamá.

—Siempre he sospechado que la letra de la canción tenía algo que ver con tu madre. Vamos, ahora estoy segura.

Vuelvo a ponerla. Me suena haberla escuchado alguna vez en casa.

—¿Sabes cómo contactar con él?

—Murió hace poco.

—Qué dices...

Traga saliva, se refugia en su taza, bebe.

—¿Seguían en contacto?

—No lo sé.

La miro fijamente. Está claro que miente. Baja la vista de nuevo y me sirve más infusión.

—No te puedo contar más, lo siento, Silvia.

De repente siento una rabia enorme. Es una emoción tan potente que resulta irracional, difícil de gestionar. No es solo que esté convencida de que vuelve a ocultarme algo, es como si sintiese que ella es la culpable de que mamá no esté aquí. Me levanto, cojo mi abrigo y camino hasta la puerta.

—Silvia... —oigo a mi espalda en un tono lleno de cariño.

Ni siquiera me doy la vuelta. Sé que no va a contarme nada más, que solo pretende consolarme. Y para eso, de momento, me basta con la rabia.

Alfredo

A ver qué ha hecho media mañana solo el polaco... No me tenía que haber ido, pero este dolor de estómago no es normal. O sí, cosa de los nervios y el cambio de menús, qué va a ser, me podría haber ahorrado los análisis. Bueno, hay que cuidarse, tampoco quiero seguir el camino de Aurora. No, ese seguro que no. Tengo que acostumbrarme de una maldita vez a llamar a este chico por su nombre, Vladimir. Está en el foso con el Opel, por lo menos no hace el vago si no lo vigilo. Y vienen más clientes desde que lo tengo, hay que reconocerlo, sobre todo chicas jóvenes. No sé qué les dice. Ni yo en mis mejores años. Espero que no me lo roben ahora los de Audi, ya estoy harto de la jugarreta. Otro cliente. Un BMW de los antiguos, nuestra especialidad. Y una mujer, no te digo, nos van a hacer de oro. Esta no es joven. Dios mío, si es la de los cruasanes. No sé quién me mandó decirle dónde trabajo, es una fisgona. Al menos no estoy lleno de grasa, tengo aspecto de jefe. Simpática también es, hay que reconocerlo, qué sonrisa. Me da dos besos.

—Necesito un cambio de aceite —me dice, y se ríe.

Me pongo rojo. Menos mal que el polaco —Vladimir, coño—, en el foso, no la ha oído. Ella me observa divertida un par de segundos, saca de la guantera los papeles del coche y me los tiende.

—Yo no entiendo nada de esto. Por la pegatina del cristal creo que me toca ya la ITV, pero no la veo bien.

Me acerco, me pongo las gafas y compruebo que la tenía que haber pasado hace dos meses. Se ríe.

—¿No te he dicho que necesito un cambio de aceite? No supero la revisión ni loca.

Examino los documentos y veo que el aceite no tiene ni dos mil kilómetros, no hay que cambiarlo.

—Pues entonces no sé por qué tengo que pasar la revisión de las narices, con el dinero que cuesta, y con lo nerviosa que me pongo.

Vladimir sale de debajo del foso, nos observa con curiosidad mientras busca una llave y regresa al tajo.

—Qué empleados tan apuestos tienes.

Doy una vuelta alrededor del BMW. Está bien cuidado, por la matrícula debe de tener unos veinte años.

—Si me acompañas a pasar la revisión te invito a comer.

Mi primer instinto es poner alguna excusa. Esta mujer me agobia, nada le da vergüenza, tiene una energía que me sobrepasa.

—El año pasado casi atropello al muchacho, yo creo que ya me temen allí. Necesito un experto —me dice, y me tiende las llaves.

Aún queda una hora para cerrar y la reparación en la que anda Vladimir no es fácil. Alba se acerca al foso. Viste una falda más bien corta, con medias. Se agacha, gira las piernas a un lado.

—Guapetón, me llevo a tu jefe hasta la tarde. Procura no incendiar el taller ni nada de eso.

El chaval se asoma mientras se limpia las manos en un trapo. Decido tirarme al monte, le digo que regresaré a las cuatro y le explico que tiene que echar el cierre y conectar la alarma, aunque lo sabe de sobra. Me pongo al volante del BMW. Alba se sienta muy contenta a mi lado.

—Luego te voy a invitar a pescadito frito en una terraza. ¿Has estado alguna vez en la Feria de Sevilla? No hace falta que me contestes: no. Eres un soso, se te ve a la legua.

Solo me faltaba ponerme a bailar sevillanas. No sé si es buena idea acompañar a esta mujer.

—A mí tampoco me gusta, no te asustes. Hay mucha bulla. Prefiero los sitios tranquilos, como el que te voy a llevar. Tu cervecita, tu aperitivo, una doradita a la sal...

Eso me tienta un poco más. Conduzco un rato en silencio, el BMW va como la seda, estos coches cumplen años que es una maravilla.

—Era de mi marido, lo cuidaba mejor que a mí.

Le digo que ella también lo tiene bien cuidado. Me explica que lo usa poco, está casi siempre en el garaje, por la ciudad prefiere el autobús. Su hijo a veces lo coge, cuando lleva el suyo al taller y cosas así.

—No es bueno que los coches los conduzcan personas

distintas. Son como los animales, se ponen tontos si tienen muchos dueños —le explico.

—¿Tus hijos cómo llevan lo de su madre?

—No están mal.

No sé si es verdad lo que he dicho.

—¿Tienes nietos?

Le digo que no.

—Yo tengo dos, uno de cada hijo. Son una bendición, una de las mayores alegrías de la vida, ya lo verás. Es como volver a empezar pero solo con las cosas buenas. ¿Te gustaría a ti volver a empezar?

Me mira fijamente y me pongo nervioso, no sé bien a qué se refiere. Llegamos a la estación de la ITV, entramos a la rampa, bajo la ventanilla y le doy los papeles al operario.

—¿Le puedo pagar con el teléfono? —pregunta Alba, muy contenta.

El otro dice que sí y le tiende una terminal de pagos. Está claro que a las mujeres se les dan mejor las nuevas tecnologías. Arranco para entrar en la cadena de pruebas, colocan el altavoz en mi ventanilla y me dan instrucciones que no necesito. Al llegar al foso donde se comprueba la suspensión, a Alba le entra un ataque de risa con las sacudidas que le dan al coche. Se le mueven los pechos, y me pone una mano en el brazo. Acelero para salir, nos devuelven la documentación y nos entregan la pegatina para un nuevo año.

—Voy a pedir que el día que me muera las peguen todas en mi ataúd —dice Alba a la vez que la coloca en el cristal, junto a tres o cuatro antiguas.

Está como un cencerro. No sé qué tengo que atraigo a las mujeres locas.

—Muchas gracias por acompañarme, lo paso fatal cada vez que vengo; que si la luz de niebla, que si el intermitente, acelere, frene..., vaya jaleo.

Le digo que no se preocupe, que lo he hecho encantado, y me dejo guiar hacia el restaurante.

—Mi marido se llamaba Antonio. Es un nombre que empieza y termina como Alfredo y tiene la misma cantidad de letras, siete. Me gustan estas casualidades.

—¿No te irás a congelar para resucitar en el futuro?

Se queda desconcertada, como es lógico.

—¿Quién se va a congelar?

—Era una tontería, perdona.

—Yo quiero que me incineren, mis hijos lo tienen muy claro —me dice.

Aparco cerca del restaurante y al cruzar la calle se sujeta de mi brazo. Me aparto incómodo. Aurora aún está caliente, como aquel que dice. Bueno, caliente, lo que se dice caliente, no está. Me cago en su puñetera madre. Ahora soy yo el que agarra a Alba del brazo. Se había quedado un poco chafada, que voy entendiendo yo ya a las mujeres. Me sonríe. Entramos en el restaurante, los camareros la conocen, tiene reservada una mesa agradable, bajo un emparrado. Nos traen unas cervezas y Alba deja de llenar los silencios con palabrería. Me agrada verla así, por fin sin el cerebro a mil revoluciones.

Silvia

Mamá, ¿quién es el tío ese? Elsa no me quiere contar casi nada, me estoy volviendo loca. No paro de descubrir facetas tuyas sorprendentes, cada día estoy más desconcertada. Es verdad que los hijos muchas veces no consiguen entender a sus padres hasta que estos mueren, o hasta que ellos mismos son padres, pero esto es un shock continuo. Por cierto, qué guapa eras. Qué lástima no haber heredado un poquillo, qué egoísta eres. Vale, no estoy tan mal, solo tengo que cuidarme más. No es culpa mía que no haya manera de encontrar un hombre dispuesto a aceptar un mínimo de compromiso.

Pero no es eso lo que te quería contar. Ya he tomado una decisión. Salgo ahora para empezar el *casting*, he seleccionado tres clínicas. Cuando escoja ya te contaré.

Besitos intergalácticos.

Mi bici, cómo la quiero, con su sillín y su guardabarros rosa. Qué gusto el aire tibio en la cara, huele ya a primavera.

Aquí puedo aparcar, cerca del vigilante. Tiene un polvo, el tío. Yo creo que en el fondo me ponen los uniformes. Muy lujosa es esta clínica, barata no puede ser. Estaría mucho más cómoda si me atendiese una mujer, esto es un error de marketing; creo que no soy una tarada si sospecho que una pequeña parte del cerebro de este hombre sueña con acostarse conmigo, con hacerme él el hijo. O igual sí lo soy; es un médico y está más que acostumbrado a estos trámites, y además no tiene por qué saber que estoy soltera. Ya me he desconcentrado, no sé qué me acaba de decir. Da igual, tengo los folletos y los presupuestos, ya lo estudiaré en casa. Intento marcharme y se da cuenta de que puede perder su presa. Este tío tiene más de comercial que de médico; de hecho, no sé de dónde saco que es un médico, la bata blanca no le otorga esa categoría. Se lo pregunto con todo el descaro y me dice que primero se estudia el tema presupuestario y luego ya me atenderá el equipo de médicos.

—¿Y por qué lleva bata? —le suelto.

Estoy en mi derecho de ser quisquillosa. Hablamos del padre de mi hijo. No, eso es otra tontería, estoy un poco tensa. Me explica con amabilidad que todos los empleados de la clínica la llevan, es higiénico, y me informa de que ahora tienen una oferta especial. Coge el papel que me ha proporcionado y, junto a la cantidad final, escribe a mano: «Veinte por ciento de descuento».

—Solo durante esta semana. Tiene aún un par de días para pensarlo —puntualiza.

Guardo todo en el bolso y me acompaña hasta la salida.

Al pasar junto a la sala de espera no puedo evitar mirar. Hay dos o tres parejas, alguna bastante joven. Me despido del comercial con un apretón de manos, tengo la certeza de que se queda mirando mi culo mientras me alejo, y cruzo hasta un parque cercano. Me quito la cazadora y me siento en la hierba. Los árboles tienen ya pequeños frutos, sus hojas tiemblan con la brisa. Qué blancos tengo los brazos. Otra embarazada, salen de todos lados, esta ya debe de ir por los siete meses. Busco en redes grupos de fecundación asistida y no tardo en encontrar varios. Hay una cantidad de información abrumadora, incluso de esta misma clínica. Me tumbo con los brazos extendidos al sol y los ojos cerrados. A saber cómo se tendrán los hijos en el futuro, a lo mejor ya no hacen falta ni mujeres, así seríamos un elemento productivo perfecto, un engranaje de acero en el sistema.

—Hola —oigo poco después encima de mí, y noto una sombra que me cubre.

Abro los ojos y, a contraluz, tardo unos segundos en identificar la figura de Lorenzo. Me incorporo, lo observo mientras hago visera con la mano y descubro que viene acompañado.

—Este es Rafa —me dice.

Desde el primer momento intuyo que es mamá quien nos ha convocado. Me levanto y le doy dos besos. Es un pelirrojo tímido muy mono. Les pregunto qué hacen aquí: entre otras cosas, es miércoles y se supone que Lorenzo debería estar en el trabajo. Me explica que se ha cogido unos días de vacaciones para descansar, que han salido a dar un paseo.

—Es verdad que estaba un poco estresado, voy a intentar tomarme las cosas de otra manera —me confiesa.

—Ole mi niño.

—¿Y tú qué haces aquí? —me pregunta él.

Le cuento que no he abierto la tienda porque tenía médico y que luego me he tumbado al sol.

—Perfecto para un melanoma —me dice.

Lo mando a tomar por culo. Rafa se ríe. Me siento otra vez y se arrodillan a mi lado. Lorenzo arranca un puñado de hierba.

—Tenía ganas de conocerte —le digo a Rafa.

—Yo también —responde.

Tiene una voz bonita.

—¿Te han puesto muchas multas últimamente? —le pregunto.

Tarda en entender y cuando lo hace se pone todo rojo. Lorenzo me tira la hierba a la cara. Se la devuelvo y nos reímos los tres. Nos quedamos luego un rato en silencio, a gusto, nos hemos entendido desde el primer momento.

—¿Vivís ya juntos? —pregunto.

—Estamos haciendo un experimento científico —dice Lorenzo.

Miro a Rafa. Está realmente bueno, no sé qué cojones pasa que la mitad de los tíos guapos son gais. Me sonríe y baja la vista. Tiene un pequeño pendiente dorado que brilla con fuerza.

—Felicítame por haber aprendido a dejar fluir la vida —me pide Lorenzo.

—Es todo un logro, qué duda cabe —respondo.

—Hay que hacerle un monumento con pedestal y todo —dice Rafa, y coloca una mano sobre el muslo de mi hermano.

Es un osito. A lo mejor me deja el famoso espermatozoide.

—¿Qué hacéis aquí? —pregunta ahora una voz que tardo en identificar como la de papá, detrás de nosotros.

Doy un respingo. Está, como antes ellos, a contraluz, recortado contra el sol. Se me eriza el vello, ahora sí que no hay duda: es cosa de mamá.

—Eso digo yo, ¿qué haces aquí? —logro preguntar, asombrada.

No responde. Mira a Rafa con curiosidad. Lorenzo se lo presenta como un amigo y el otro se levanta, le estrecha la mano y vuelve a arrodillarse. Se produce un silencio incómodo. Miro el reloj, es la una y media, papá aún debería estar en el taller. Mamá querrá que nos contemos cosas entre nosotros.

—Siéntate —le pido a papá.

Para mi sorpresa lo hace. Coloca entre sus piernas abiertas una bolsa de plástico con algo que parece tierra. Me asomo y descubro dos de los manzanos que mamá cultivaba en la terraza. Miden ya seis o siete centímetros.

—Quiero plantarlos por aquí —dice, y acaricia las hojas.

Parece aturdido, conozco poca gente menos receptiva a esta energía que nos rodea.

—El otro que queda lo quiero llevar al pueblo —comenta, y aparta un poco el plástico para que entre aire.

Le digo que es una idea muy bonita, que así tendremos un sitio donde venir a recordar a mamá. Lorenzo también parece conmovido, e intercambia una mirada con Rafa, que no pierde ocasión de observar de reojo a su suegro. Papá se levanta y camina hacia una pequeña loma rodeada de grava y arbustos. No nos espera, aunque avanza a una velocidad más lenta de la habitual en él, para que podamos seguirlo. Salta por encima de un seto y escarba con el pie cerca de un árbol. Lorenzo sugiere otra loma un poco más apartada.

—Aquí está bien —dice papá.

Hace agujeros con una pequeña herramienta que ha traído y en menos de un minuto los árboles están plantados.

—Durante unos meses será bueno pasar por aquí y echarles un poco de agua —nos dice a la vez que riega con una botella que también traía en la bolsa.

Asentimos, observamos en silencio los arbolitos. Rafa tiene las manos juntas, como si estuviese en un funeral.

—Ha sido una idea preciosa —repito.

Papá asiente, se sacude los dedos y guarda la herramienta en la bolsa.

—Tengo que volver al taller.

—Vamos a hablar de mamá, a contarnos recuerdos —le pido a la vez que me arrodillo en la pradera.

Intercambia una breve mirada con Lorenzo, le pasa la botella vacía, señala con la barbilla hacia una fuente cercana y le pide que riegue otro poco antes de marcharnos.

—Tu ayudante podrá sobrevivir sin ti media hora más. Siéntate —insisto.

No me hace caso. Estrecha otra vez la mano a Rafa.

—Me alegro de conocerte —le dice.

El otro asiente con la cabeza en un gesto que casi parece una reverencia, papá se despide de nosotros y se aleja ladera abajo. Observamos en silencio sus grandes zancadas, su porte recto, distinguido. No se vuelve para mirarnos ni decirnos adiós. Cojo de una mano a Lorenzo, de la otra a Rafa, y nos tumbamos los tres de cara al sol.

Aurora

Ya estoy aquí, David. Aún no puedo abrir los ojos, me raspan como si tuviese arena, pero sé que estás conmigo. Oigo el mar de nuestra última noche. Siento tu respiración en mi cuello. Saboreo la sal en tu espalda. ¿Por qué esperaste tantos años? No quiero verte con esa maldita mascarilla, no quiero ver las gotas que bajan por el tubito hasta tu brazo, no quiero oírte jadear para contarme que nunca me has olvidado, que escribirías *El balandro* una y mil veces. Dime que vamos a volver a empezar, que lograremos escapar de tu padre, que recorreremos juntos ese camino que dejamos a un lado. ¿Has visto como yo también puedo ser poética? A lo mejor hasta escribimos una canción juntos. Qué difíciles son las cosas del amor. La de canciones que hay sobre el tema, no solo la tuya, no seas engreído. Escúchame: una cosa tiene que quedarte clara, el hombre de mi vida fue Alfredo, tuvo sus cosas, pero me quiso y lo quise, y es el padre de mis hijos. Tú eres otra cosa. Vamos, eres lo contrario, como para liar a Alfredo en una aventura así. Siempre fuiste un gamberro, con tu guitarra en bandolera, tus carcajadas, tus dientes blancos, tu agilidad de circo, de trapecista. Desde ahí tenemos que seguir. Desde ahí vamos a seguir. Nos saltaremos la trampa que nos pusieron. Lo que no quiero es ese hospital donde te internaron para ayudarte a marchar. No quiero volver a ver al ruso, me da miedo. Se reían de mí, pensaban que me había timado. Pero yo siempre confié en ti. Oye, otra cosa, una pregunta que tengo: imagino que no le propondrías este plan a ninguna otra. Siempre fuiste un poco mujeriego. Como me encuentre con una colección de amantes te voy a dar un gorrazo que te vas a caer de la silla. Vale, es verdad que no es fácil encontrar locas capaces de seguirte en un plan como este. Vamos, solo existe una. Tonto nunca has sido, sabes a quién proponer las cosas.

Sigo aquí, David. Dame la mano. Así. La melena al viento. Mis brazos alrededor de tu cintura. Mi cabeza contra tu nuca. Mis labios sobre tu piel tostada. Así. Una curva. Y otra curva. Así. El mar al fondo, azul como el infinito, las rocas rodeadas de espuma. Así. Lo hemos conseguido, David. El camino no nos da miedo. Te aprieto con todas mis fuerzas por la cintura, te estrujo y te ríes. El sol, la tierra dorada, la estela de polvo. Nada por detrás que nos persiga. Ya verás qué canciones tan bonitas vamos a escribir. Tus dedos largos recorren el mástil de la guitarra, hacen vibrar las cuerdas. Bajan desde mis labios hasta mi ombligo. Así. Las pompas flotan a nuestro lado. Nos siguen. Saltamos dentro de una. Nos revolcamos, reímos, giramos como peonzas sin miedo a que explote. El viento nos mece. Subimos y subimos. Giramos y giramos. Y no caemos. Los brillos de arcoíris a nuestro alrededor, como tus pupilas. Abre los ojos, que ya no raspan. Así. ¿Has visto qué precioso es todo? No hay cohetes, ni desiertos ni marcianos, solo flores y más flores. Y nuestras pieles unidas por el sudor, nuestras piernas entrelazadas. Así. Los campos de manzanos y la brisa y el azul infinito y la espuma de las olas. Y volamos y volamos. Cada vez más alto y más fuerte y más alto. Y no tenemos vértigo. Así.

Mi especial agradecimiento a Joaquín Bernal, Paula Lapido, Blanca Hernández, Rodrigo Muñoz Avia, Ruth Bozal, Ernesto Ortega, Alicia Beladiez, Cristina Otero, Marian Peyró, Macu Tejera, que me orientaron con sus siempre acertados comentarios.

Y a Marta Araquistain, que me envió un email desde el futuro, y a Toni Hill, que me guio hasta el presente.